百鬼夜行誌

凶宅卷

阿慢 著

眾人氣圖文作家～揪團冒險推薦序！

辛卡米克

國小後我就沒再尿過褲子了，
直到翻開這本書……

兔包

說真的，我是個膽小的俗辣，又愛看又怕的那種。但阿慢的鬼故事漫畫最吸引我的地方，除了讓人起雞皮疙瘩的情節，還有已經可以說是「自虐」的細膩畫風！
看了【凶宅卷】後，我看我會有好一段時間不敢半夜起床尿尿了啦！（阿慢踹共！）

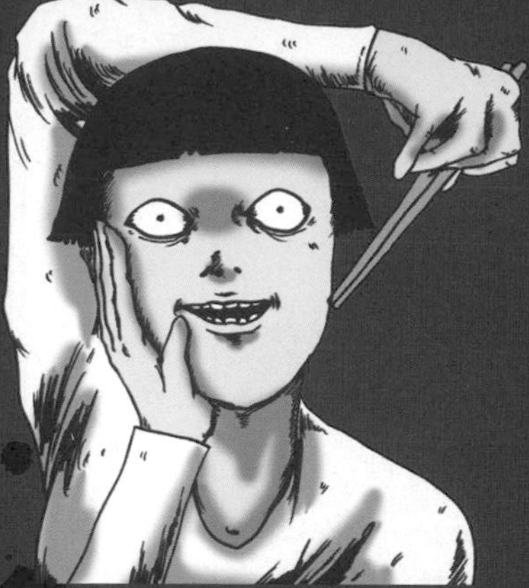

鬼門圖文

一直都很喜歡鬼故事的我，看到這次【凶宅卷】的主題是「臺灣真實景點恐怖傳聞」，瞬間興奮了起來！越貼近周遭的故事，越是能夠令人發毛啊～！

猕猕啾啾

不要晚上看，你會後悔！

鼻妹

謝謝阿慢用圖文帶我走了一遍這些我沒膽去的「名勝古蹟」，在我差點嚇出一褲子尿時，又妙語如珠的讓我差點再度閃尿。

前言

大約在去年《塊陶卷》的簽書會結束後……
結束啦！
恭喜你，阿慢，這次新書圓滿成功！
謝謝你，主編大人！
這次也很感謝你的幫忙哦！
雖然過程很辛苦，但是很開心，我撐過來了……
一想起來我就全身發抖啊～
好了，走吧！
走？要去哪？
當然是來討論下一本書的主題啊！
淦！好快！
好歹也讓我休息一下吧！

如此這般，我們火速的展開第二本書的企畫！
那麼這次要畫什麼呢？
不如來畫臺灣鬼屋的漫畫吧！
臺灣的……鬼屋？
是的！屬於臺灣的鬼故事！
全臺各地有那麼多的凶宅鬼屋以及恐怖傳說，
如果畫出來的話，這就是第一本介紹臺灣景點鬼故事的圖文書了！
身為恐怖圖文作家，應該難不倒你吧？
莫名興奮
聽起來好像不錯，可是總覺得哪裡有問題……
沒有問題啦！這次也請你努力衝刺囉！
盡量啦……
結果隔天，我馬上就發現一個超大的問題……

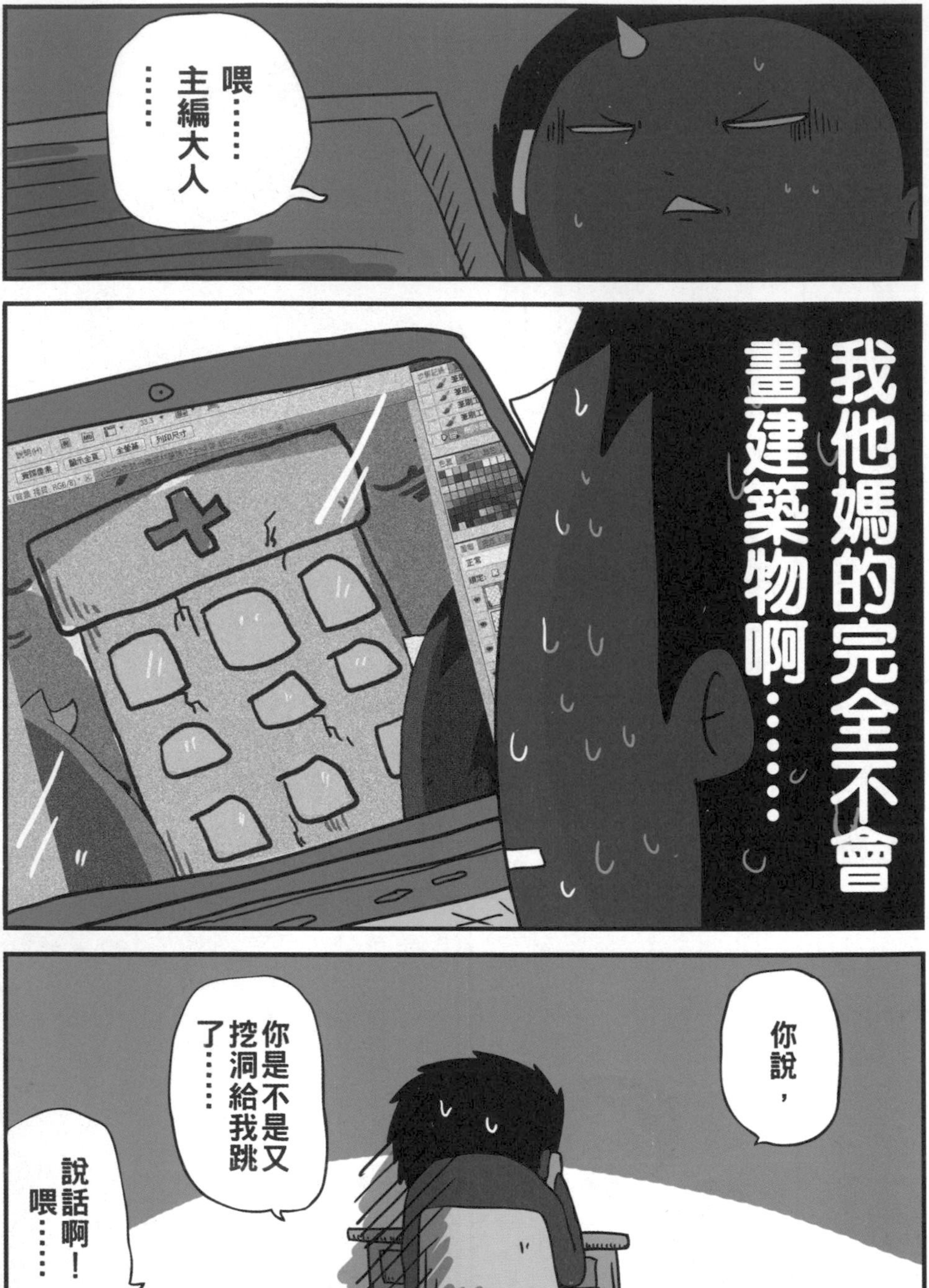
喂……主編大人……
我他媽的完全不會畫建築物啊……
你說，
你是不是又挖洞給我跳了……
說話啊！喂……

主編你這個____！

哈囉，大家好，
我是百鬼夜行誌的作者阿慢。

很高興能夠再一次出書跟大家見面，
這次的主題，就是臺灣各地的鬼屋、禁地及傳說！
說到這個，大家都能講出一、兩個代表性鬼屋，
卻沒有人能夠詳細說明那裡有過什麼樣的傳聞，
就這樣，第一本介紹鬼景點的恐怖圖文書誕生了!!!

而這次創作中最大的困難，
大概就是挑戰各式各樣建築物景點的作畫吧!(汗
(作者本身只會畫鬼……)

本書繼續以可愛的人物來呈現各地恐怖傳聞，
帶領大家進入臺灣另一種不可思議的旅程!
恐怖與搞笑只有一線之隔

準備好了嗎？
今年夏天，體驗涼颼颼的驚嚇之旅
就從下一頁展開吧……

百鬼夜行誌

目次

隧道詭談

這是我跟朋友在臺北旅行時，所經歷的一場恐怖體驗，
那天晚上，我們一行人開車前往臺北住宿的飯店。
一路上，大家有說有笑，氣氛非常歡樂。
直到，我們來到這個地方……

喂喂！現在幾點啦？我們是不是太晚回去啦？
半夜三點多，哈哈，真的有點玩過頭了！
難得來臺北玩嘛！沒關係，我走這條捷徑，很快就到了啦！
是那一條隧道吧？真不喜歡經過那裡……
哇靠～～
這個不就是臺北很有名的……

辛亥隧道。
深夜走這條路，沒問題嗎？
這條隧道怎麼了嗎？

問題可大了呢！妳看看隧道入口的右側。
右側？有什麼東西嗎？
!?
臺北市殯葬管理處第二殯儀館
是殯殯殯殯殯殯殯殯殯……殯儀館耶！
辛亥隧道，又名南一號隧道，
是一條貫穿中埔山的公路隧道。

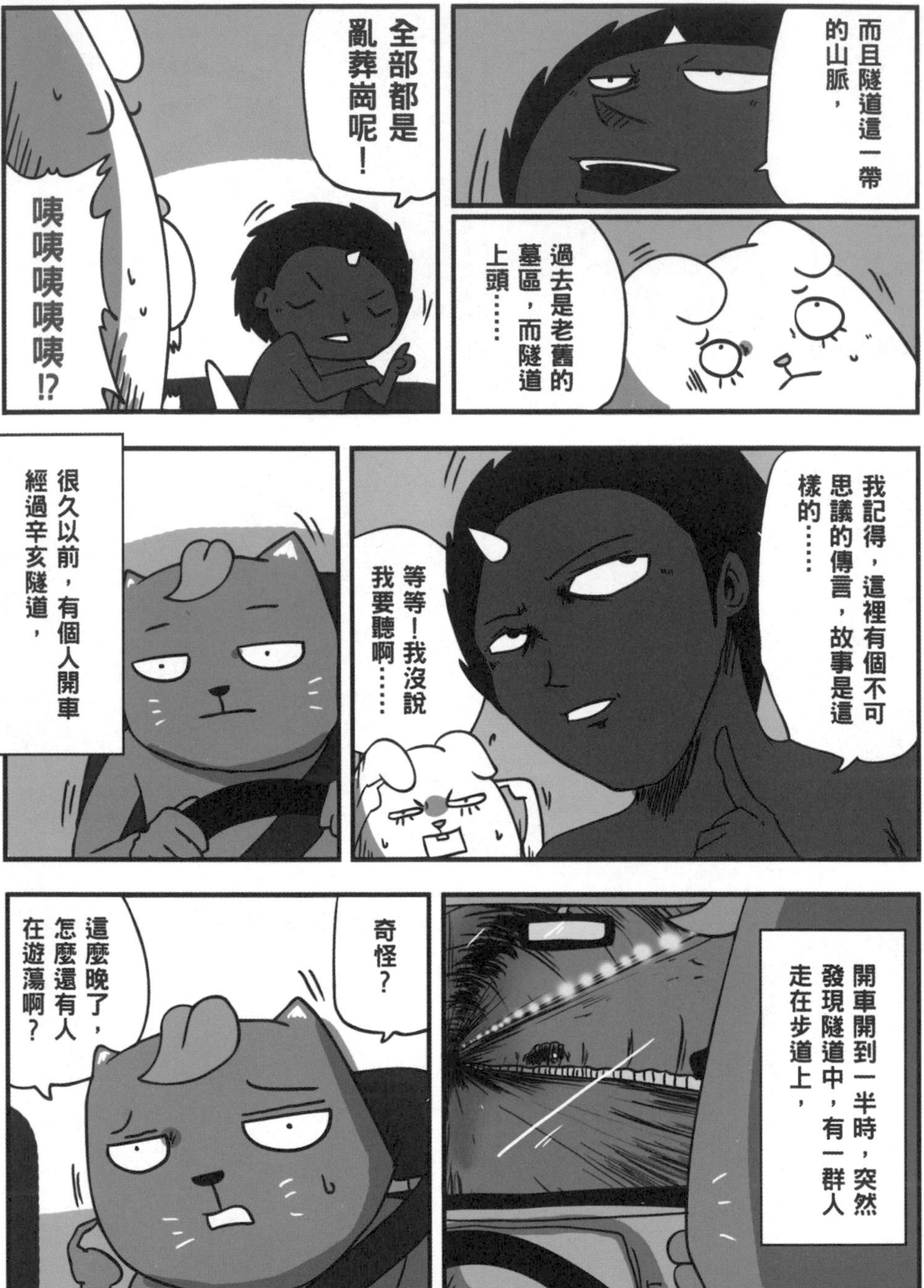
而且隧道這一帶的山脈，
過去是老舊的墓區，而隧道上頭……
全部都是亂葬崗呢！
咦咦咦咦咦!?
我記得，這裡有個不可思議的傳言，故事是這樣的……
等等！我沒說我要聽啊……
很久以前，有個人開車經過辛亥隧道，
開車開到一半時，突然發現隧道中，有一群人走在步道上，
奇怪？
這麼晚了，怎麼還有人在遊蕩啊？

咦?!
仔細一看，差點心臟停掉，走在隧道裡的……
是一排穿著黑色西裝、面無表情，像用慢動作般前進的送葬隊伍。

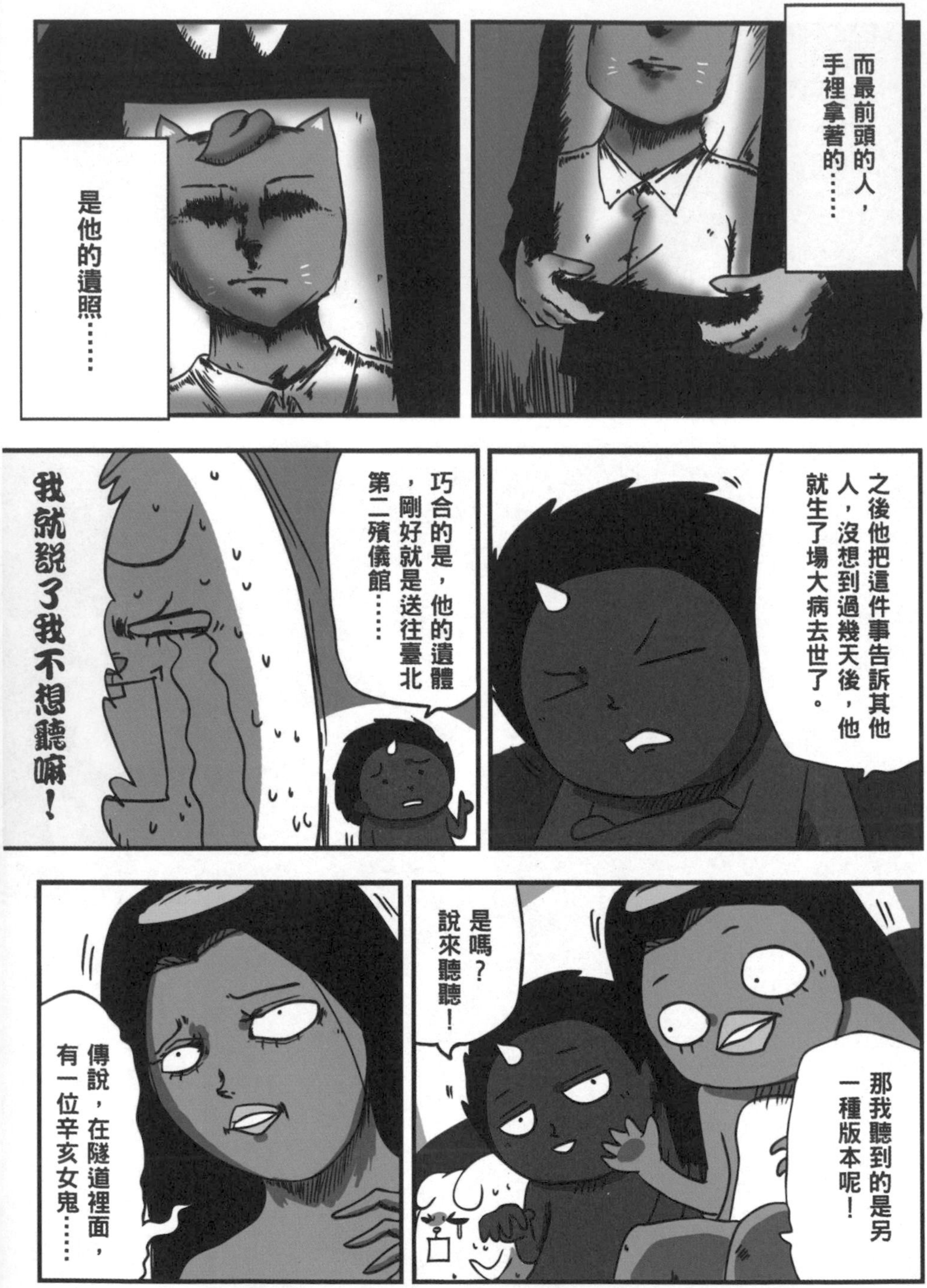
而最前頭的人，
手裡拿著的……
是他的遺照……
之後他把這件事告訴其他人，沒想到過幾天後，他就生了場大病去世了。
巧合的是，他的遺體，剛好就是送往臺北第二殯儀館……
我就說了我不想聽嘛！
那我聽到的是另一種版本呢！
是嗎？說來聽聽！
傳說，在隧道裡面，有一位辛亥女鬼……

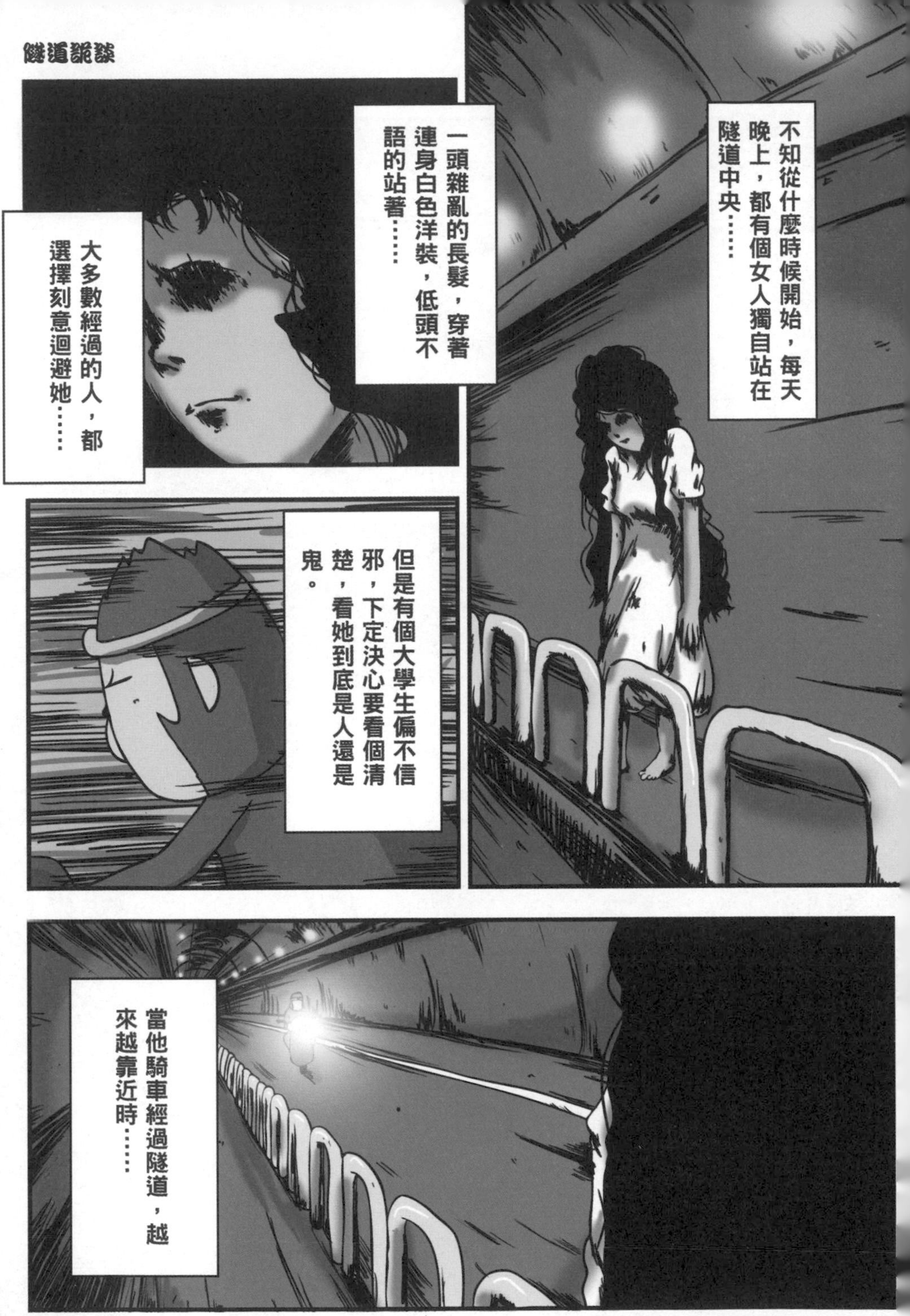
不知從什麼時候開始，每天晚上，都有個女人獨自站在隧道中央……
一頭雜亂的長髮，穿著連身白色洋裝，低頭不語的站著……
大多數經過的人，都選擇刻意迴避她……
但是有個大學生偏不信邪，下定決心要看個清楚，看她到底是人還是鬼。
當他騎車經過隧道，越來越靠近時……

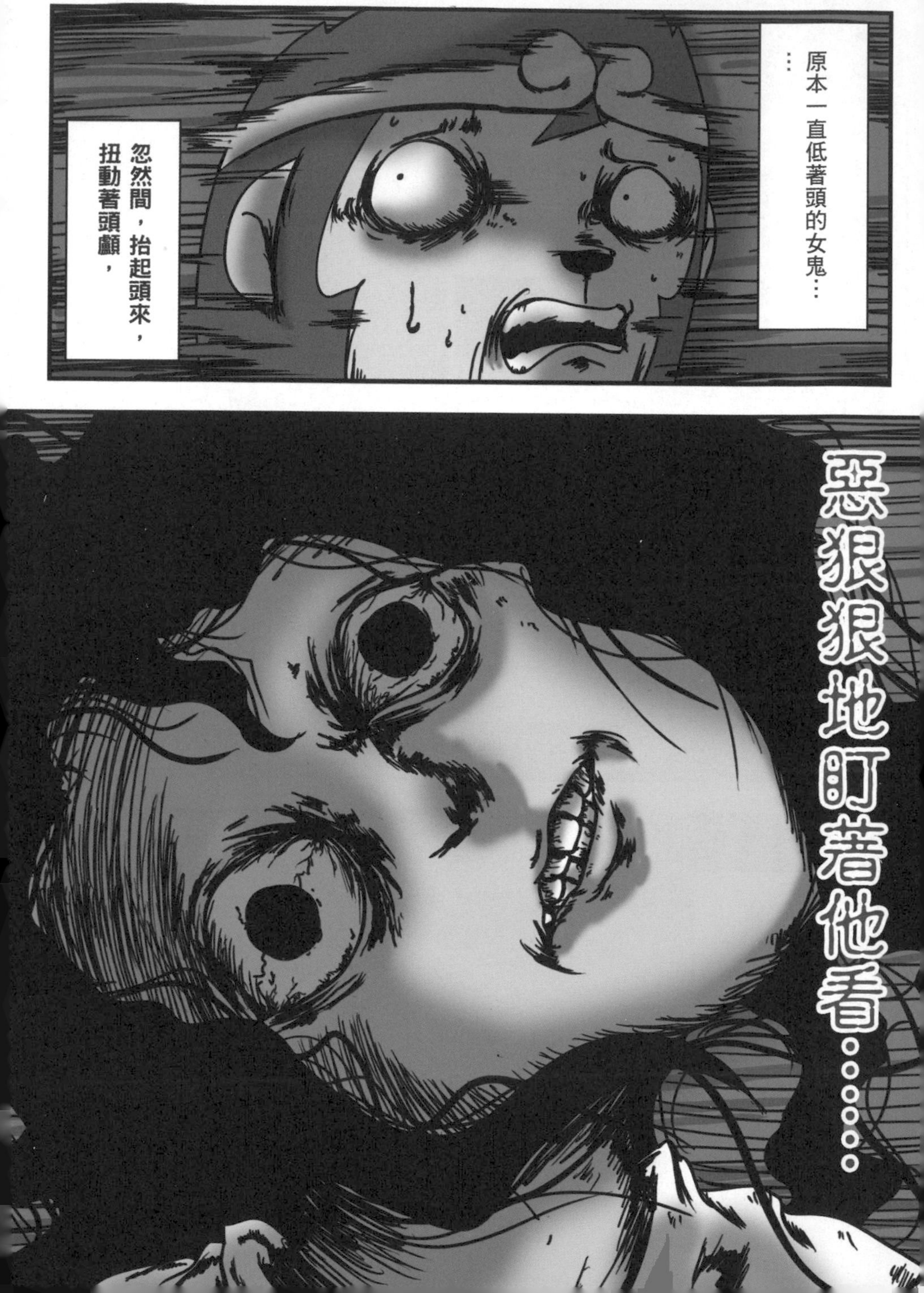
原本一直低著頭的女鬼……
忽然間，抬起頭來，扭動著頭顱，
惡狠狠地盯著他看……

哇啊啊啊!!
當時他嚇得馬上逃開！
嘴裡不停唸著阿彌陀佛，瘋狂地加速前進！
不知道騎了多久，終於回到租屋附近的巷口，
嚇死我了，剛剛那個肯定不是人吧！
正當停好車，鬆了一口氣，準備將機車鎖好的時候，
嗯？

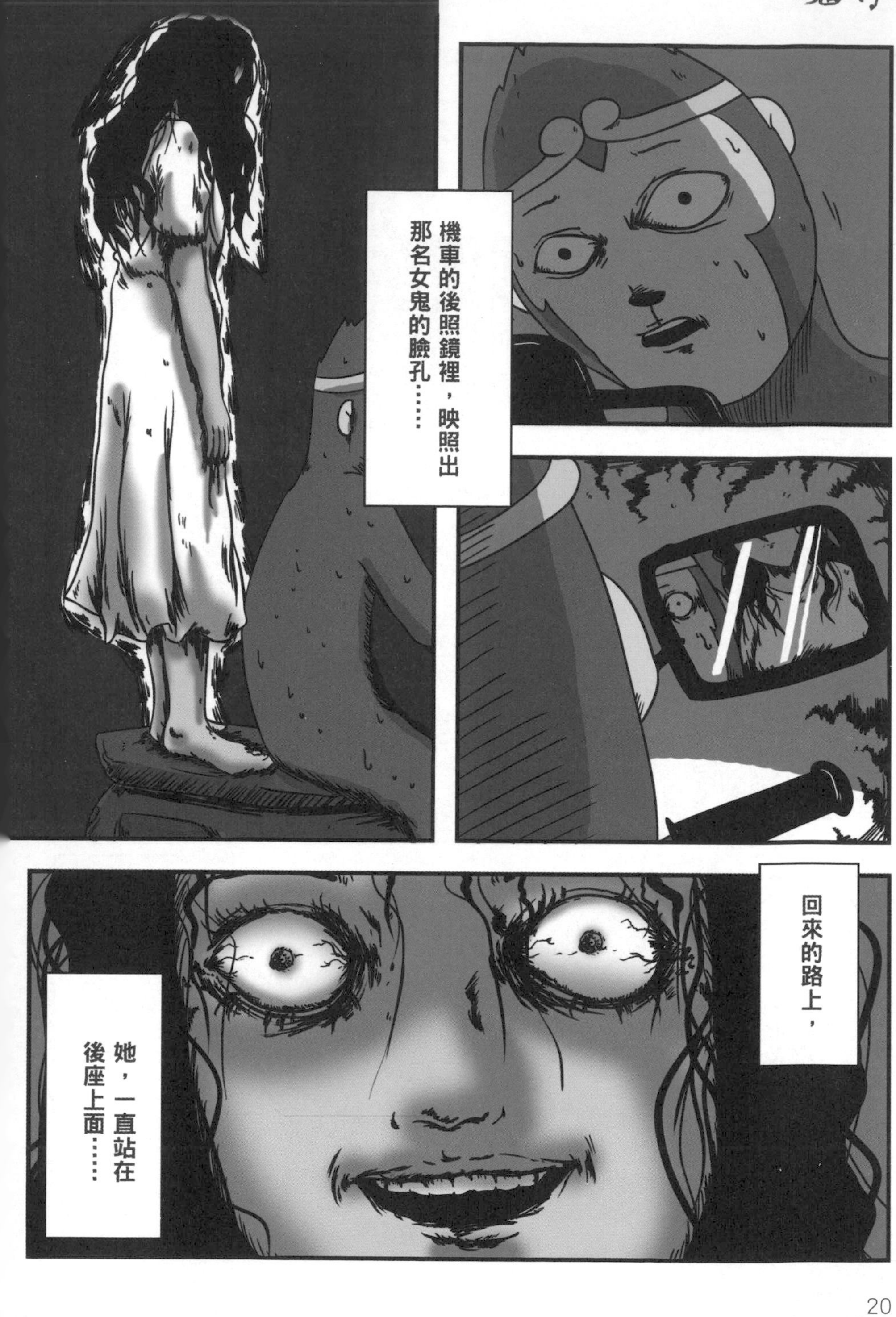
機車的後照鏡裡，映照出
那名女鬼的臉孔……
回來的路上，
她，一直站在
後座上面……

之後那名大學生都不敢再騎這條隧道。
偶爾有人騎車經過隧道時，也會無意間聽到，
背後傳來陰沉的聲音……
對著騎車的人說……
騎快一點，再騎快一點啊……
不錯！不錯！
開始感覺有點涼意了呢！

不過為什麼會要人家騎快一點呢？
笨蛋！
一定是為了讓人騎快出車禍，好發生事故意外啊！
也可能是她很享受速度快感之類的……
Let It Go~~
Let It Go~~
怎麼感覺很搞笑啊！
如果是速度的話，我倒是聽過另一則腳踏車的傳聞哦。
曾經有人看過，那時候……

大約半夜，有人開車經過辛亥隧道。
累死了，累死了，好想趕快回家洗澡睡覺！
喀嘰~~喀嘰~~~
喀嘰~~
這什麼聲音啊？
奇怪的齒輪聲響，迴盪在隧道裡面。
喀嘰~~喀嘰~~~
原以為是自己車子的聲音，但當男子專心傾聽是從哪發出來時……

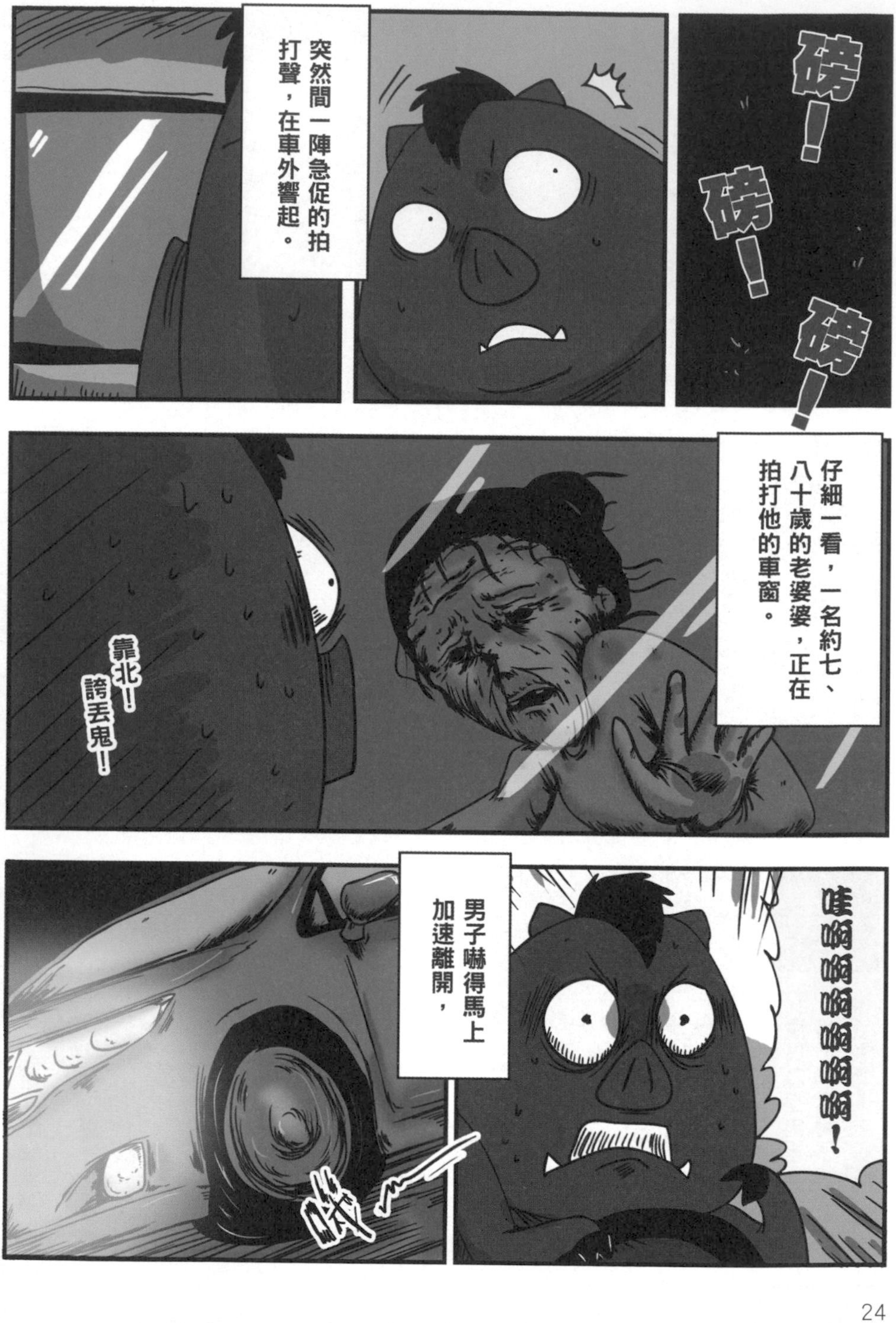
突然間一陣急促的拍打聲，在車外響起。
磅！
磅！
磅！
仔細一看，一名約七、八十歲的老婆婆，正在拍打他的車窗。
靠北！誇丟鬼！
男子嚇得馬上加速離開，
哇啊啊啊啊啊啊！

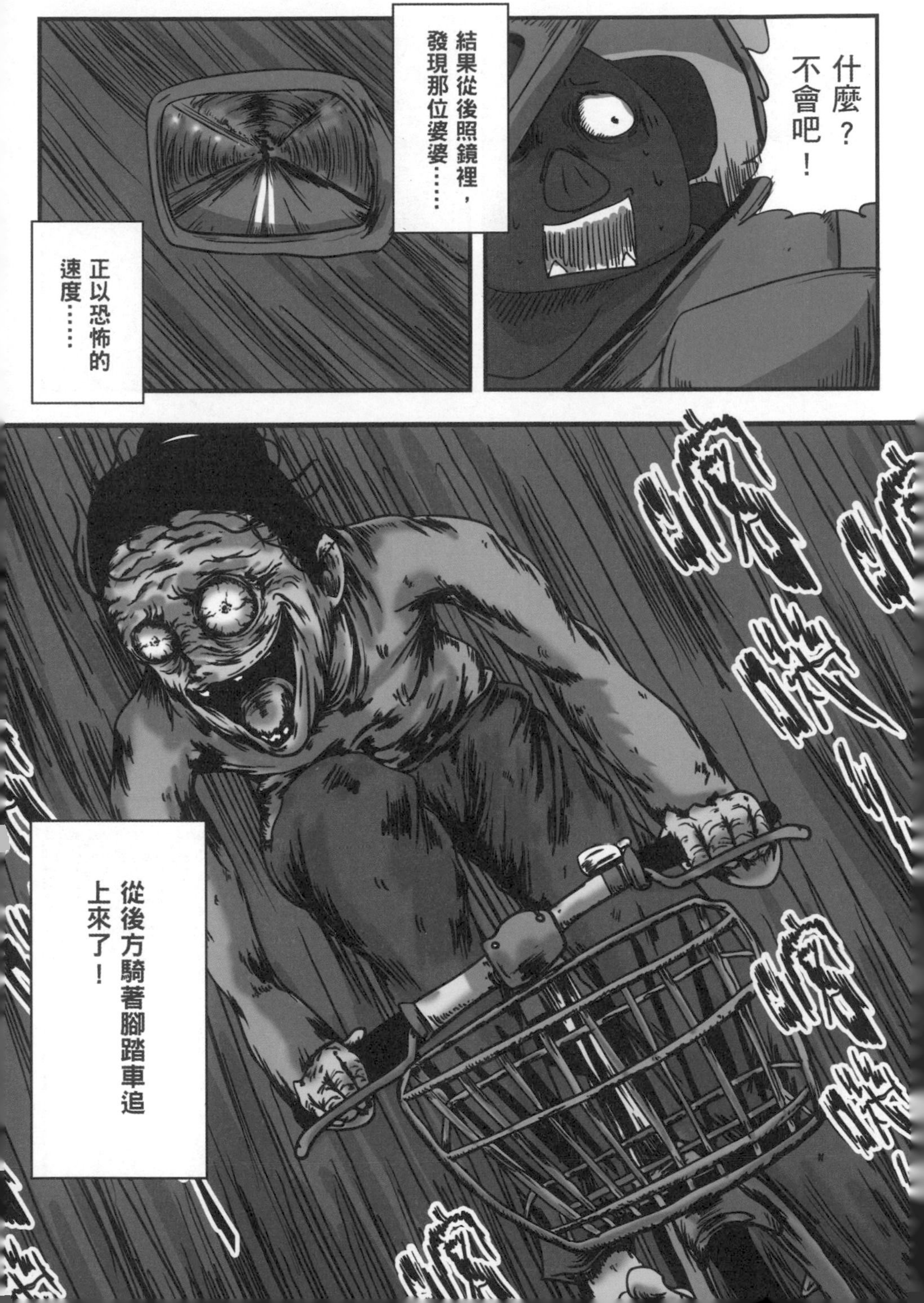
什麼？不會吧！
結果從後照鏡裡，發現那位婆婆……
正以恐怖的速度……
從後方騎著腳踏車追上來了！

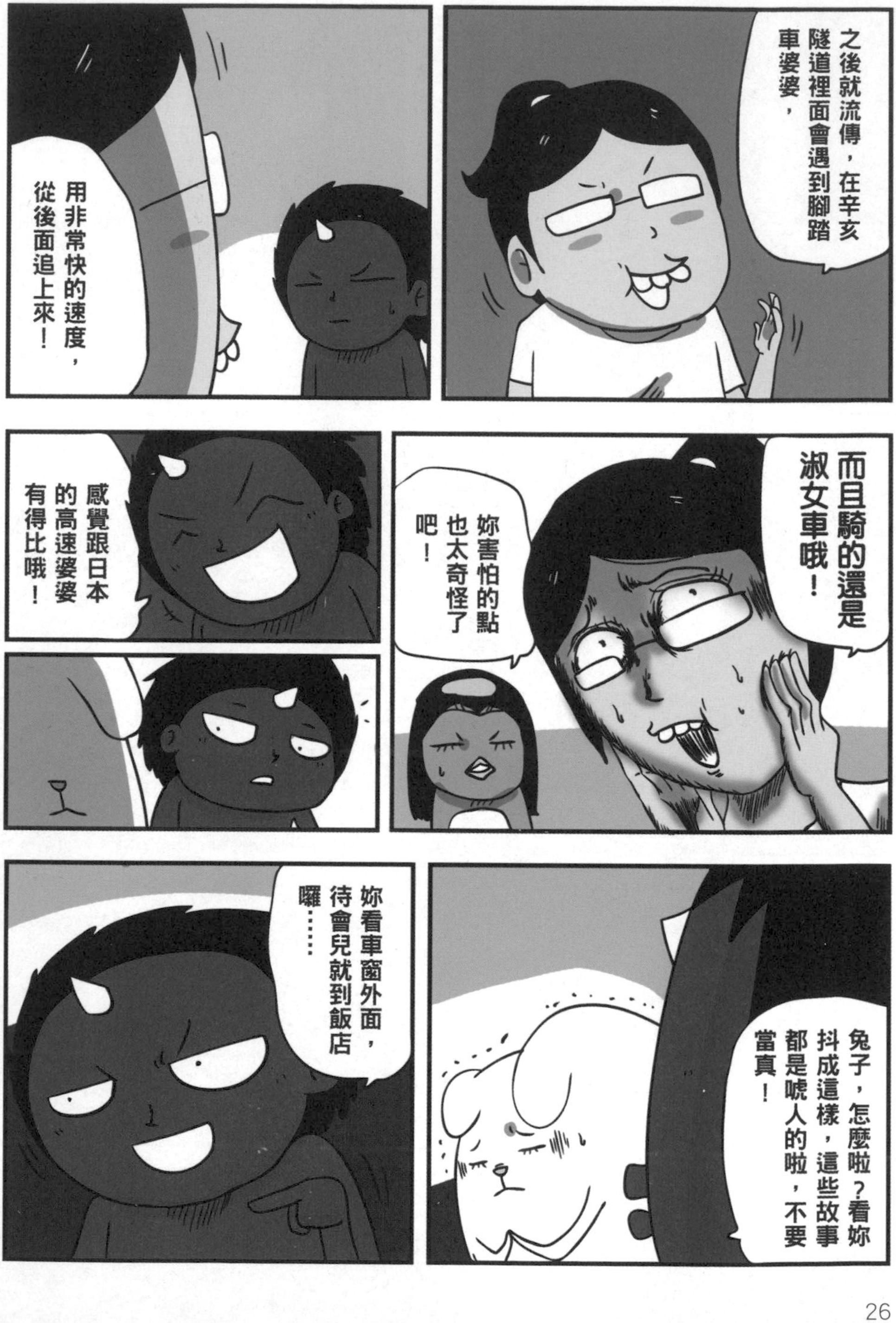
之後就流傳，在辛亥隧道裡面會遇到腳踏車婆婆，
用非常快的速度，從後面追上來！
而且騎的還是淑女車哦！
妳害怕的點也太奇怪了吧！
感覺跟日本的高速婆婆有得比哦！
兔子，怎麼啦？看妳抖成這樣，這些故事都是唬人的啦，不要當真！
妳看車窗外面，待會兒就到飯店囉……

咦？
怎麼還在隧道裡啊？
對耶，我們到底進來隧道多久啦？
老弟，搞什麼啊？怎麼車子開那麼慢啊？
我怎麼知道啊！
從我們進入辛亥隧道後，車子的速度像是被拖住一樣，怎麼樣也跑不快……
這時我們才發現，弟弟猛踩著油門，車子卻只以緩慢的速度前進……
生氣了……生氣了……

妳在說什麼啊？
兔子閉著雙眼，雙手合掌，嘴裡開始一直念著佛經……
車上所有人像是有默契般，全都不發一語的坐著。
我們大概用了比平常多兩倍的時間，才順利從辛亥隧道出來。
寂靜的墓區被人們鑿開，挖通隧道，鋪成道路。
車輛就這麼大剌剌的穿過原本安靜生活在此的鬼魂，
而我們又開玩笑地討論著他們，生氣是理所當然的吧……

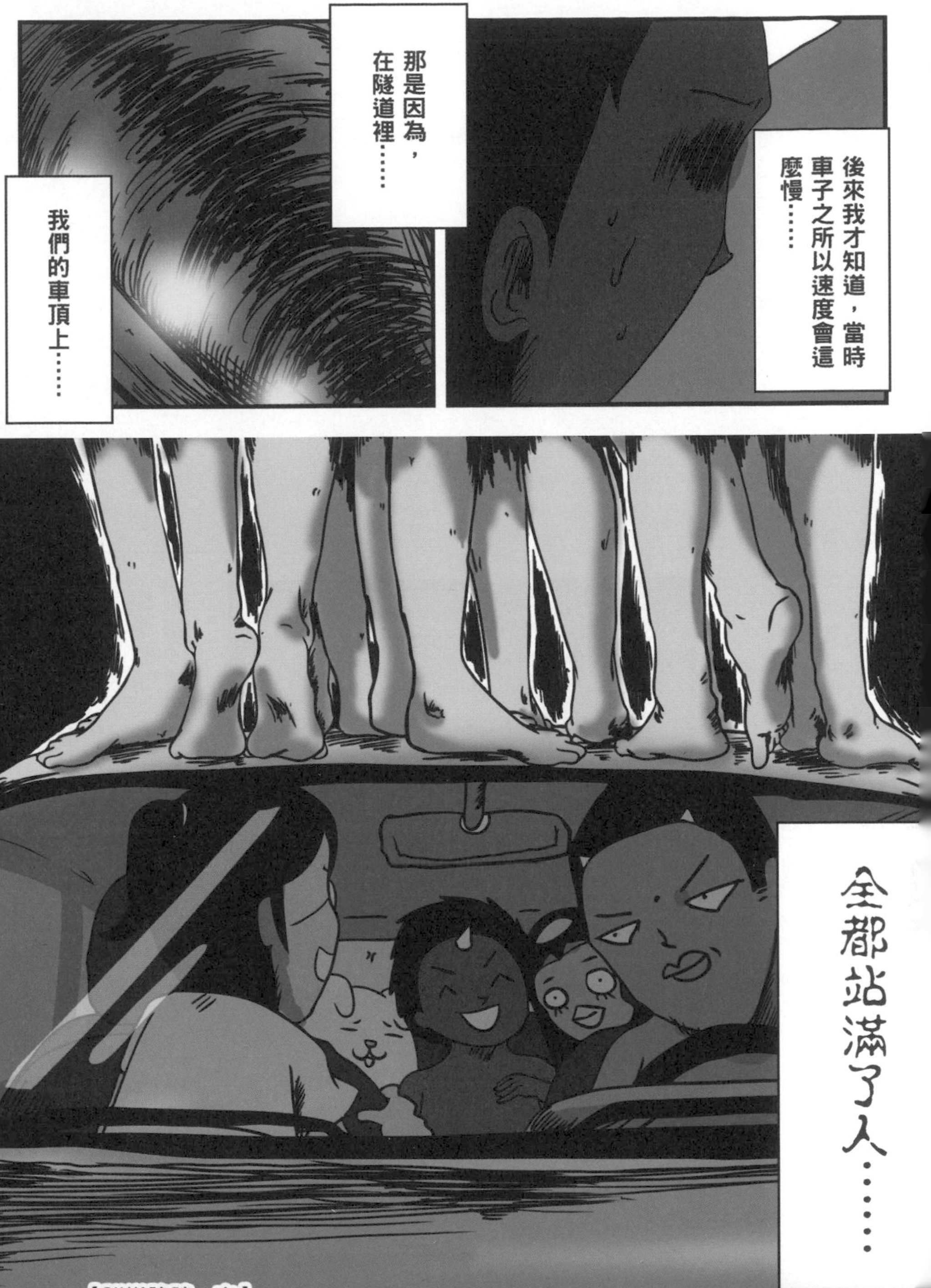

【隧道詭談•完】

有人說腳踏車婆婆會在超車的時候向對方說聲加油，然後加速離去……
喀嘰~
喀嘰~

自殺國宅

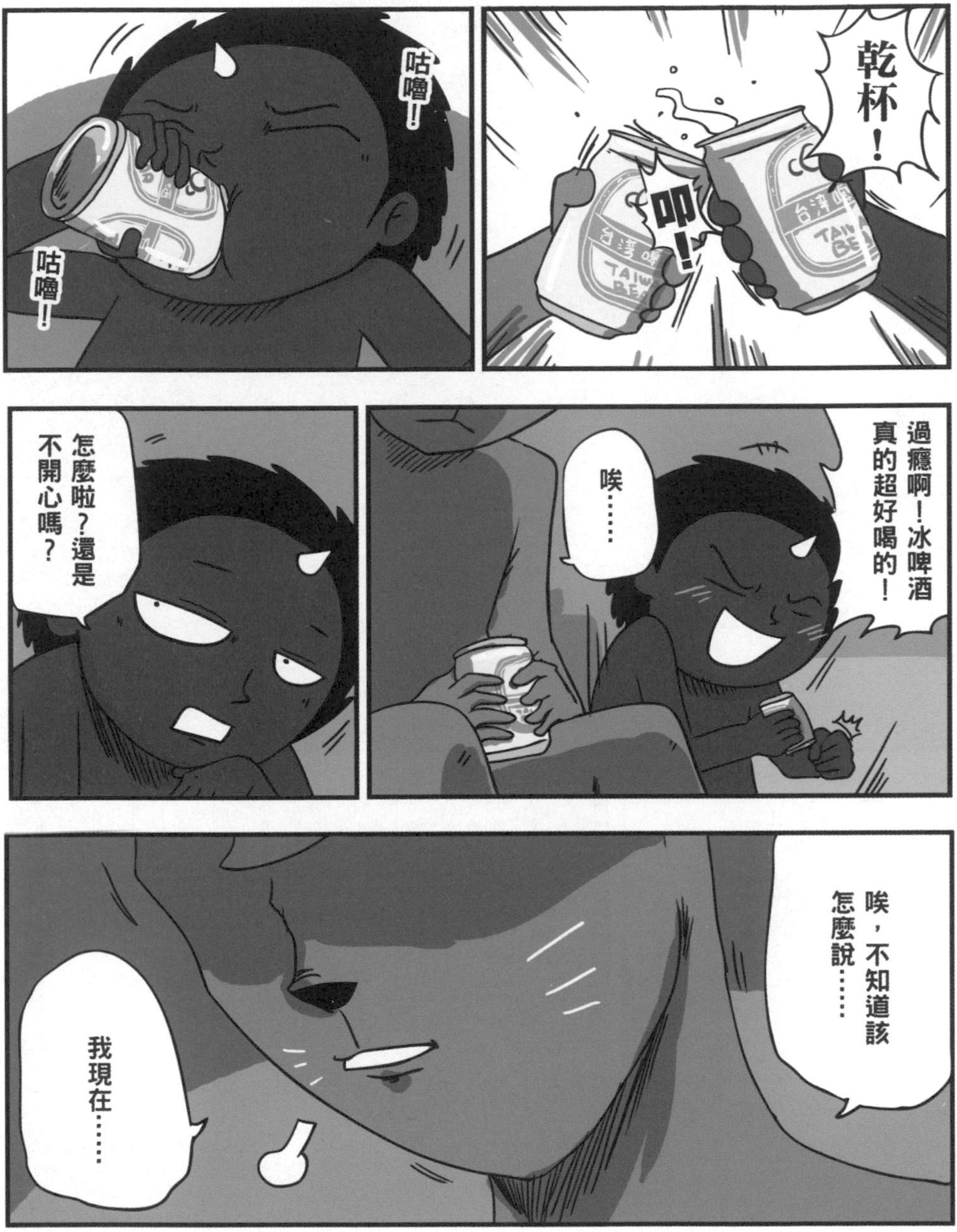
乾杯!
叩!
咕嚕!
咕嚕!
過癮啊!冰啤酒真的超好喝的!
唉……
怎麼啦?還是不開心嗎?
唉,不知道該怎麼說……
我現在……

真想從這裡跳下去。

這天晚上，因為失戀的關係，我跑到一棟國宅頂樓喝酒散心。

你在說什麼傻話啦！
笨蛋！

我說啊，
為了一個女人，值得你這樣哭得死去活來嗎？
你不懂啦！
她是個好女孩，是那麼天真活潑又可愛，
跟她在一起已經好久了，本來好好的，後來卻不知道為什麼，越來越疏離，
到最後還說因為個性不合，所以決定分手，這教我怎麼能接受呢？
沒有經歷過，你不會知道我的心情啦！
呵呵，我也有經歷過啊！

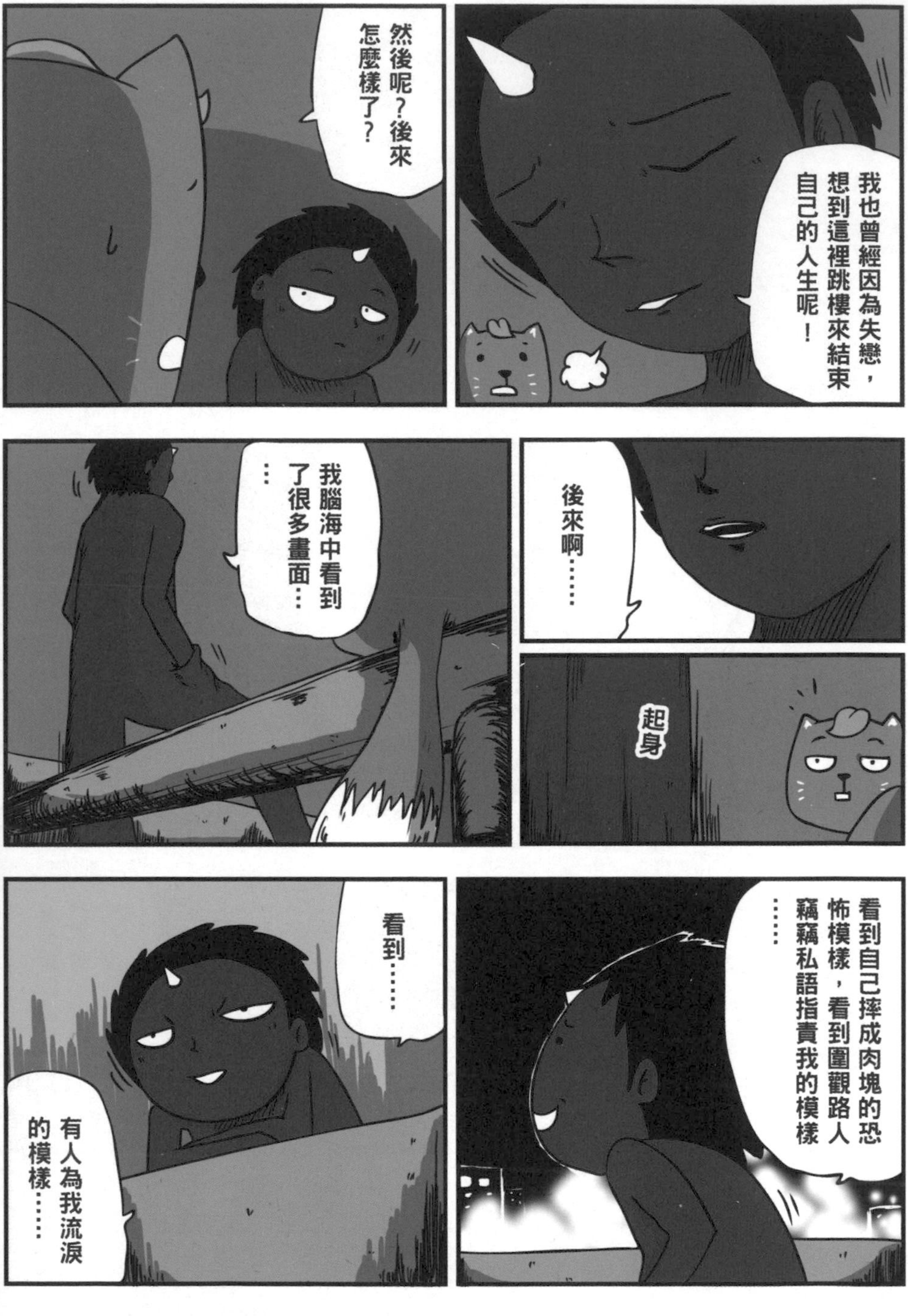
我也曾經因為失戀，想到這裡跳樓來結束自己的人生呢！
然後呢？後來怎麼樣了？
後來啊……
起身
我腦海中看到了很多畫面……
看到自己摔成肉塊的恐怖模樣，看到圍觀路人竊竊私語指責我的模樣……
看到……
有人為我流淚的模樣……

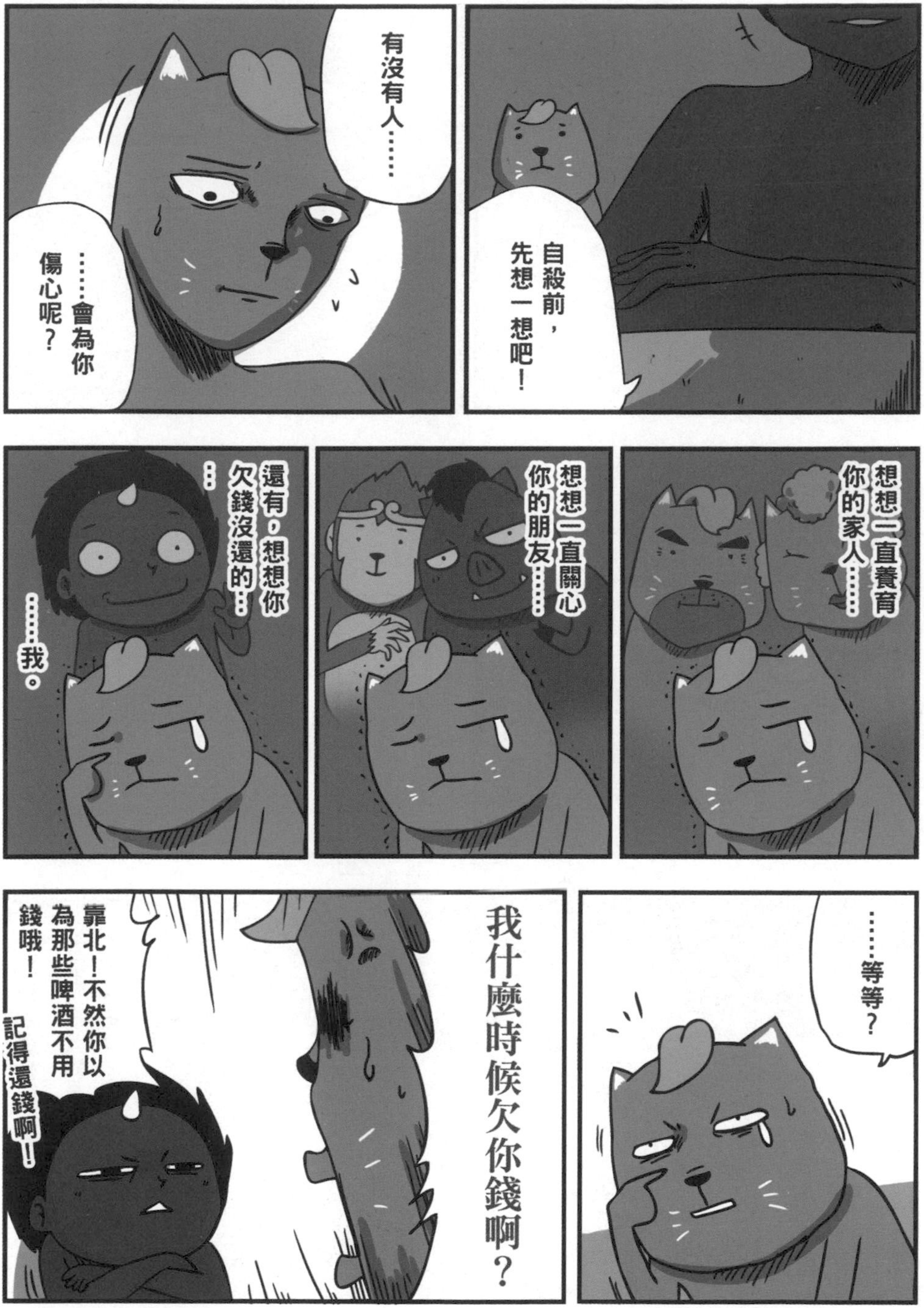
自殺前，先想一想吧！
有沒有人……
……會為你傷心呢？
想想一直養育你的家人……
想想一直關心你的朋友……
還有，想想你欠錢沒還的……
……我。
……等等？
我什麼時候欠你錢啊？
靠北！不然你以為那些啤酒不用錢哦！
記得還錢啊！

既然你都敢自殺了，
為什麼就沒有勇氣活下去呢？
就覺得人生沒有希望了嘛！
你就是這樣，才會被這棟大樓給吸引過來。
吸引？
就在這個時候，我才開始發覺不對勁……
我到底是怎麼來到這棟大樓的……
我居然完全沒有印象……
這棟國宅大約有十幾層樓吧？
但是我連上樓梯的印象都沒有……

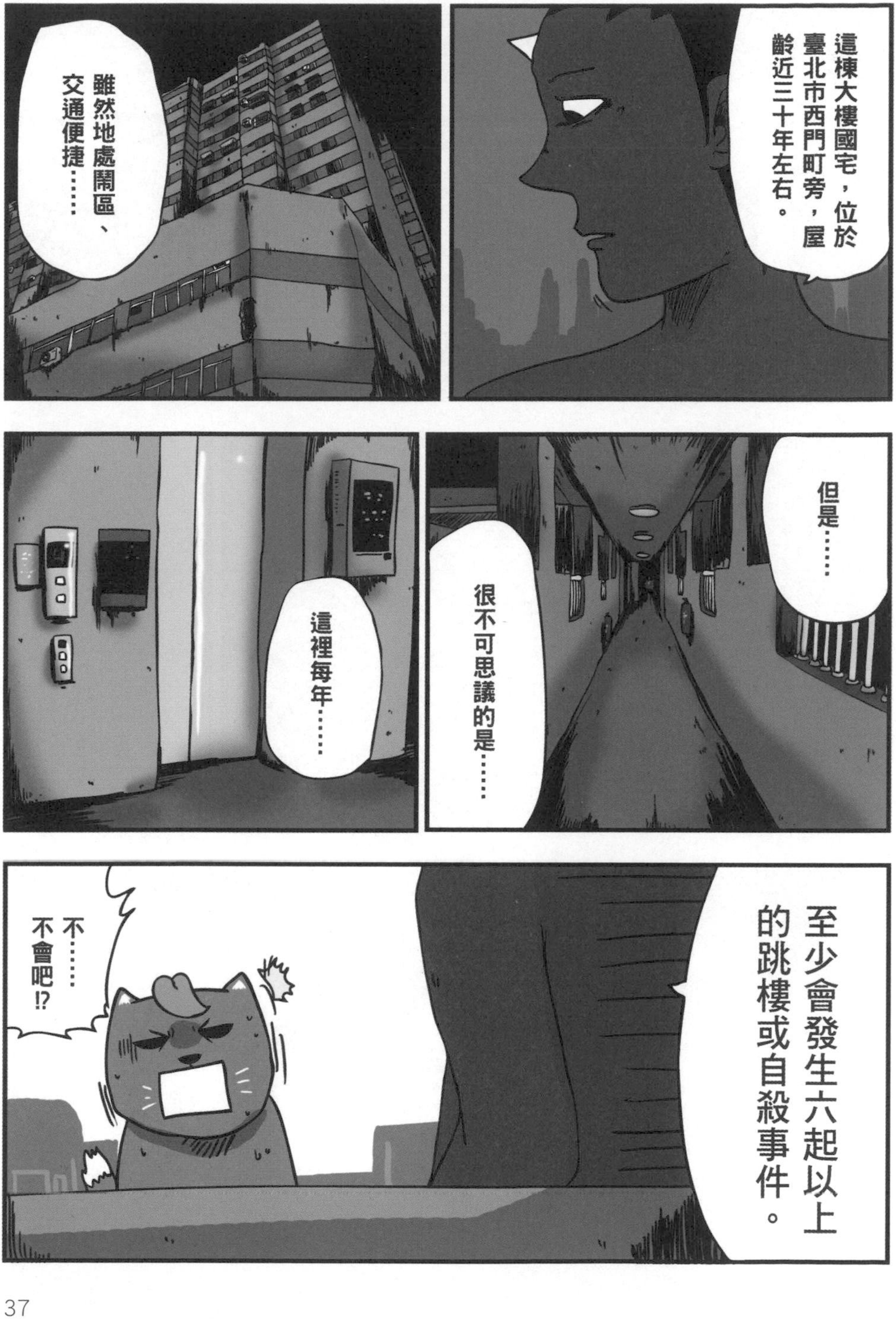
這棟大樓國宅，位於臺北市西門町旁，屋齡近三十年左右。
雖然地處鬧區、交通便捷……
但是……
很不可思議的是……
這裡每年……
至少會發生六起以上的跳樓或自殺事件。
不……不會吧!?

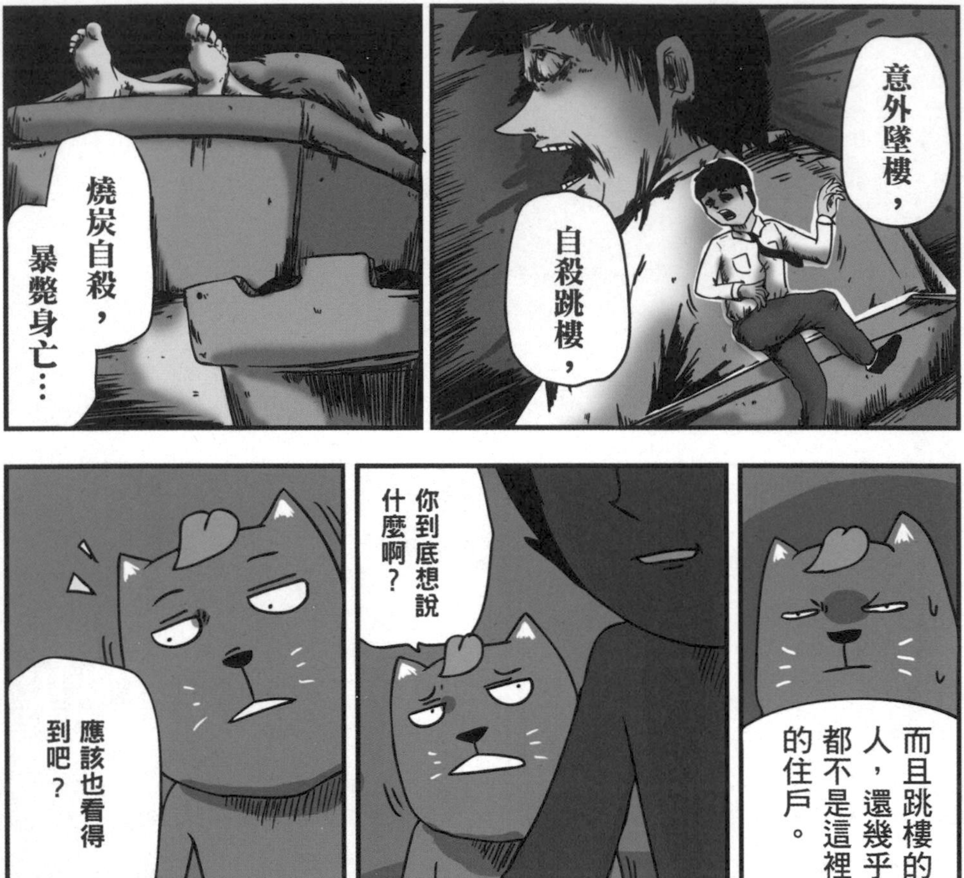
意外墜樓，
自殺跳樓，
燒炭自殺，
暴斃身亡…
而且跳樓的人，還幾乎都不是這裡的住戶。
你到底想說什麼啊？
應該也看得到吧？
你也是被這股力量給牽引過來……
這裡是西寧國宅，也被大家叫作……

自殺國宅。

從頂樓往下望，那裡有一群人……
一邊哀號哭泣，一邊掙扎般的向我招手……
哇啊啊啊啊啊!!!
怎麼，你覺得很可怕哦？
廢話……
那就是死後的世界哦！
不，正確來說……
那是自殺者死後的世界！

咦？
不然你以為自殺後會去哪裡？
投胎轉世嗎？真是可笑！
人們總以為提早死後，可以放下一切，上天堂享福。
呵呵……別傻了！
自殺死後，
才是痛苦與災難的開始。

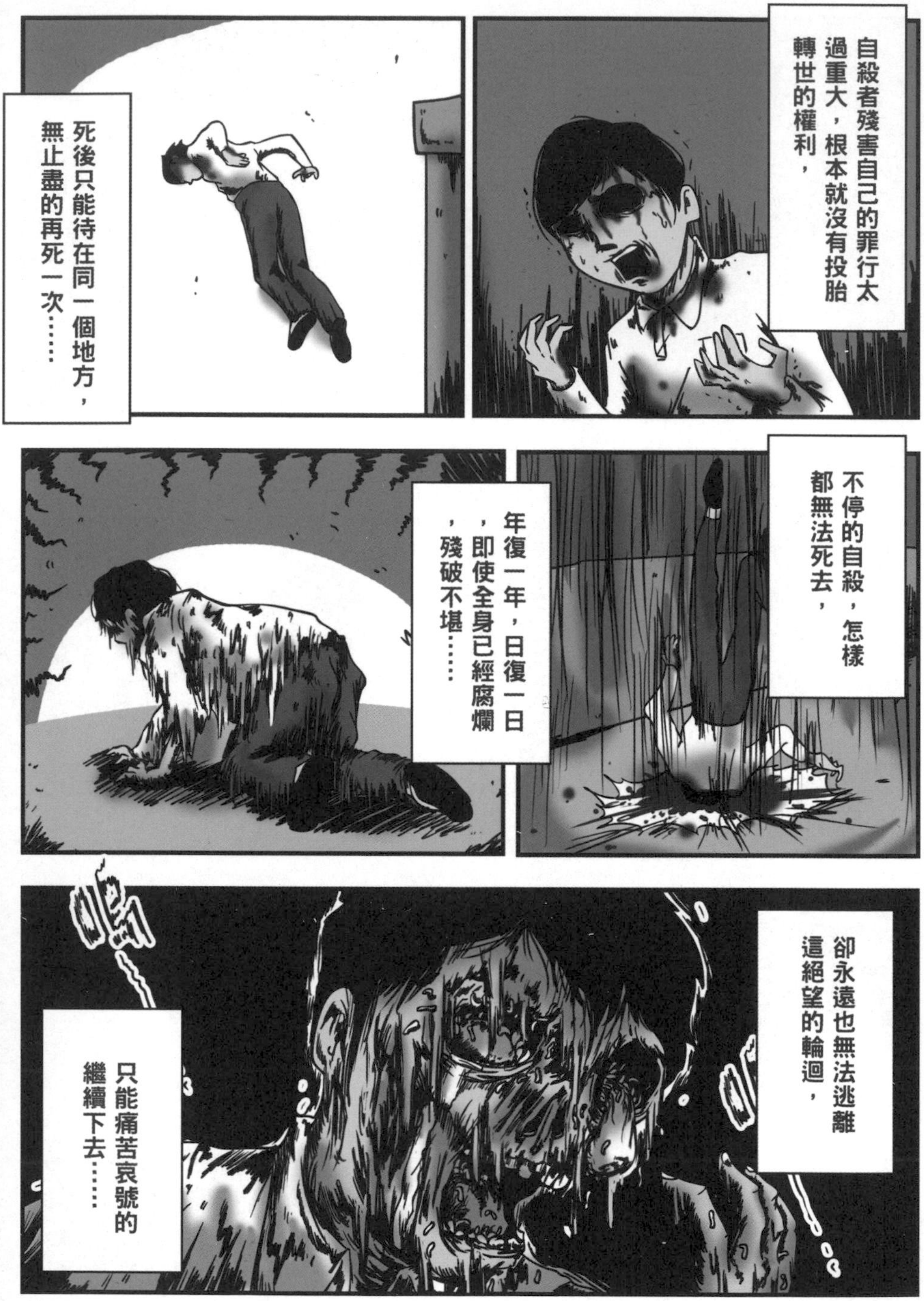
自殺者殘害自己的罪行太過重大，根本就沒有投胎轉世的權利，
死後只能待在同一個地方，無止盡的再死一次……
不停的自殺，怎樣都無法死去，
年復一年，日復一日，即使全身已經腐爛，殘破不堪……
卻永遠也無法逃離這絕望的輪迴，
只能痛苦哀號的繼續下去……

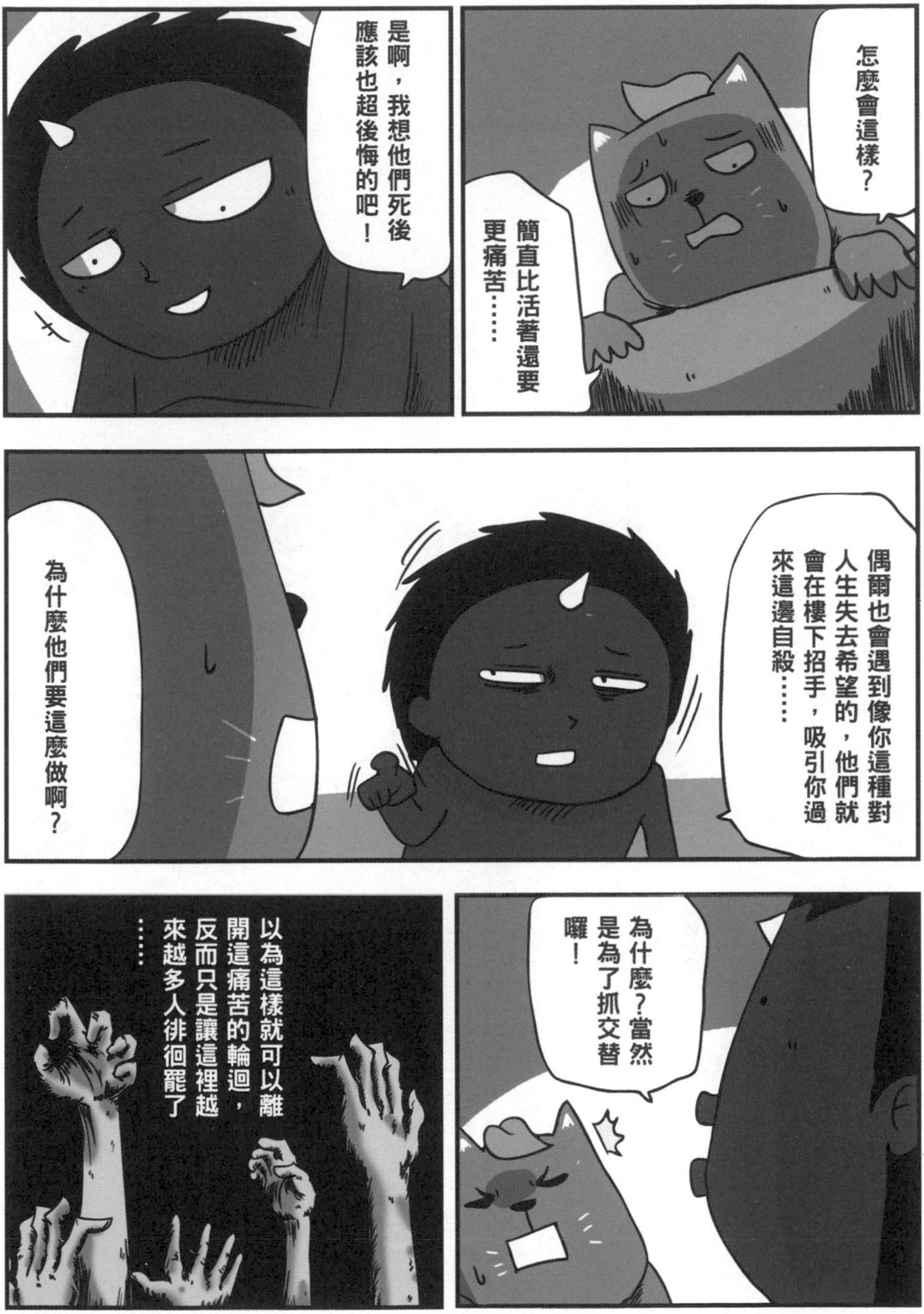
怎麼會這樣？
簡直比活著還要更痛苦……
是啊，我想他們死後應該也超後悔的吧！
偶爾也會遇到像你這種對人生失去希望的，他們就會在樓下招手，吸引你過來這邊自殺……
為什麼他們要這麼做啊？
為什麼？當然是為了抓交替囉！
以為這樣就可以離開這痛苦的輪迴，反而只是讓這裡越來越多人徘徊罷了……

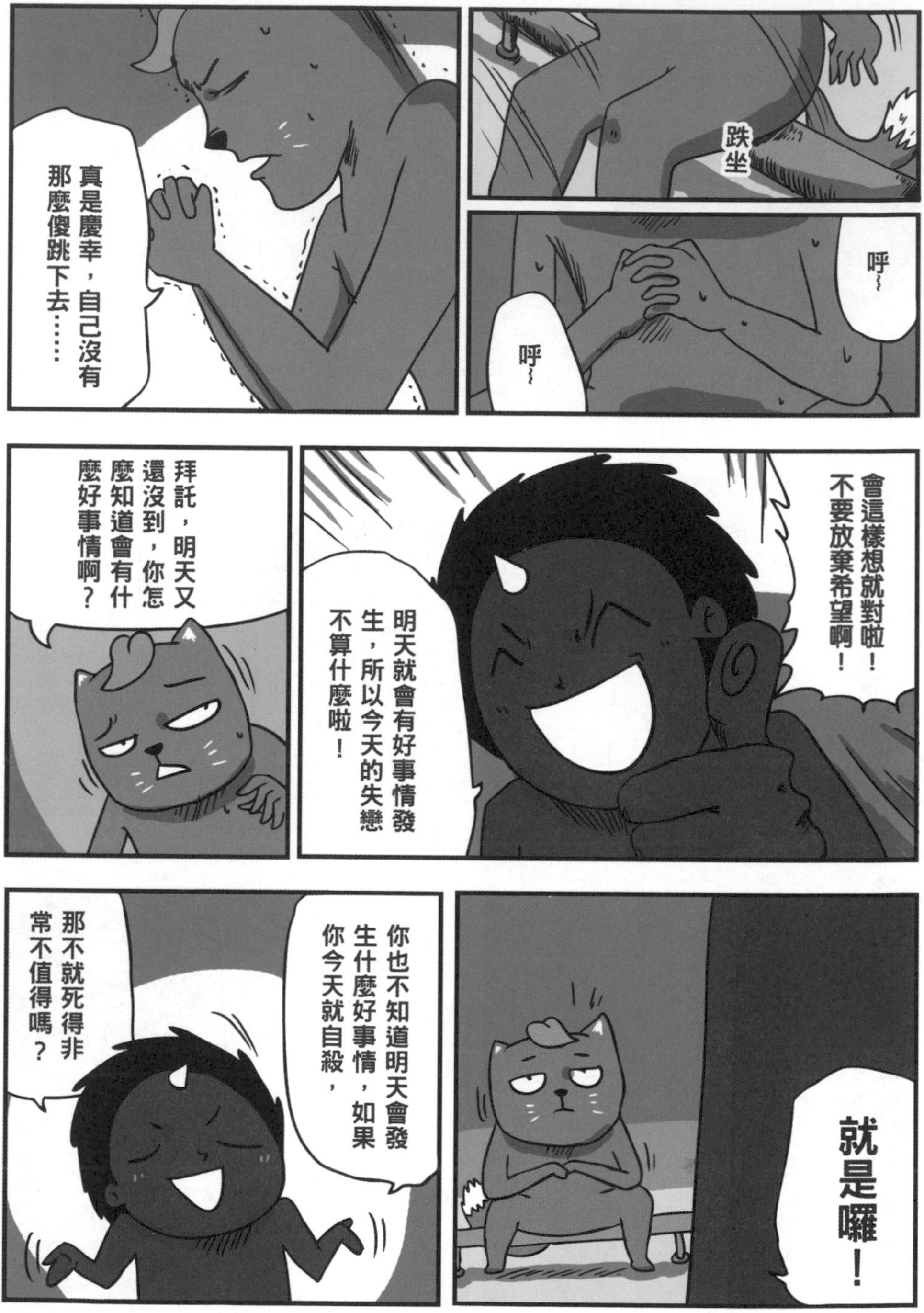
跌坐
呼~~
呼~~
真是慶幸，自己沒有那麼傻跳下去……
會這樣想就對啦！不要放棄希望啊！
明天就會有好事情發生，所以今天的失戀不算什麼啦！
拜託，明天又還沒到，你怎麼知道會有什麼好事情啊？
就是囉！
你也不知道明天會發生什麼好事情，如果你今天就自殺，
那不就死得非常不值得嗎？

說得也是，
謝謝你，我感覺好多了！
天也快亮了，你趕快回家休息吧！
好啊，我們走吧！
開門
對了，聊了一整晚，都忘記問……
請問你是誰啊？

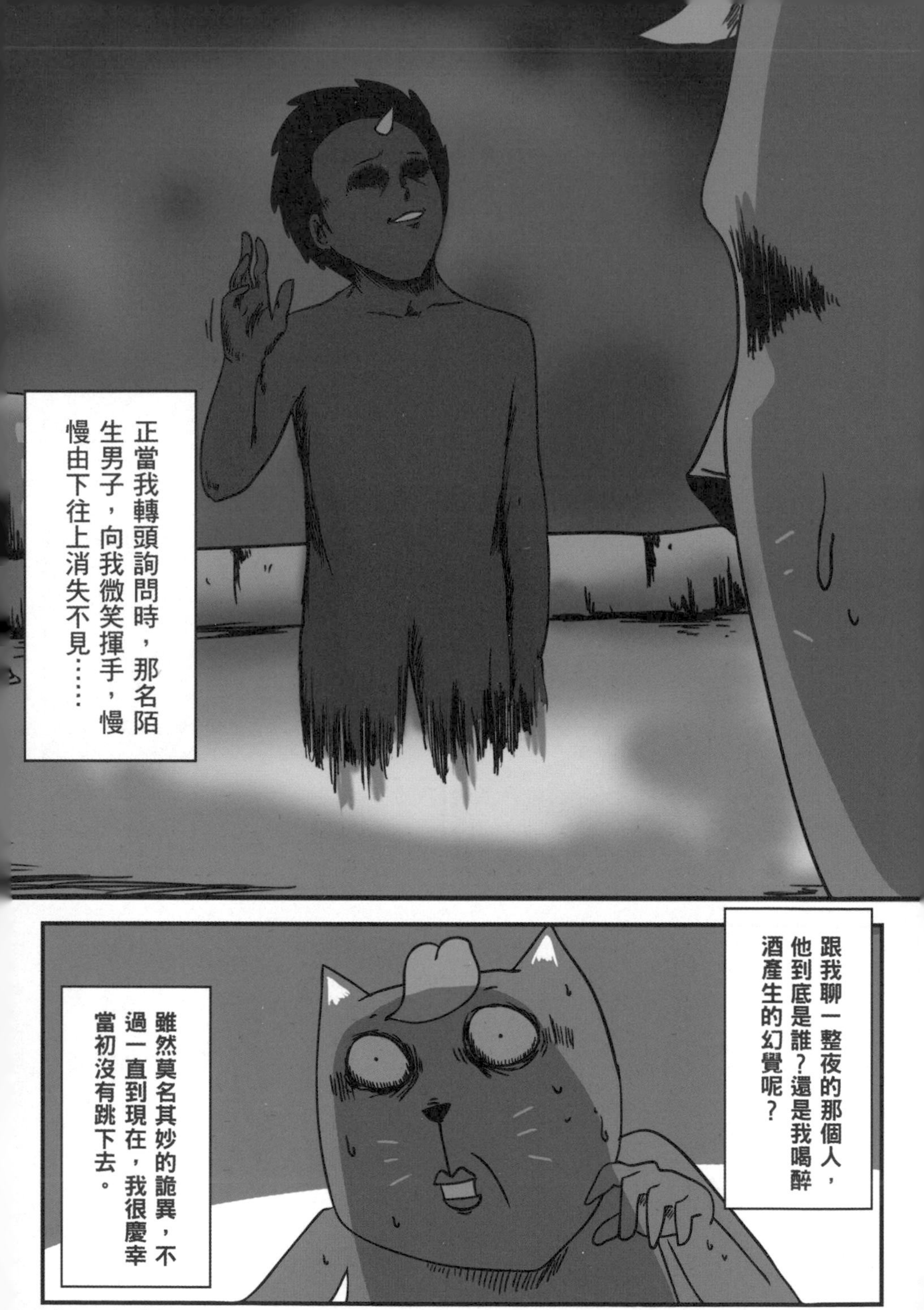
正當我轉頭詢問時，那名陌生男子，向我微笑揮手，慢慢由下往上消失不見……
跟我聊一整夜的那個人，他到底是誰？還是我喝醉酒產生的幻覺呢？
雖然莫名其妙的詭異，不過一直到現在，我很慶幸當初沒有跳下去。

【自殺國宅˙完】

記得還錢啊……
就說了我沒欠你錢啦！

斷掉的石龍

喂！到了沒啊？
快了啦！
這裡長了好多雜草，蚊子也好多，為什麼要來這裡啦？
哈哈，前幾天在網路上看到，這裡有很酷的房子哦！
是不是那些房子啊？
對對對！哇哦~近看感覺更壯觀了耶！
呃……五顏六色的，感覺好詭異哦……

臺北三芝著名廢墟景點，
飛碟屋
快點跟上來吧！
當時要畢業了，我跟兩位最好的朋友來到這裡旅遊。
等等我啊！
快點！我們到樓上去瞧瞧！

飛碟屋裡有股濕冷的空氣，像是滯留在這個空間裡一樣，讓我頻頻發冷……
到處都是被破壞的玻璃碎片，混凝土嚴重剝落、鋼筋外露鏽蝕以及斷裂，看得出來已經荒廢了好一段時間……
這裡……
到底是為什麼會變成廢墟啊……？

我聽說，是因為地主看好海濱度假風潮，打算在這建造一個五星級度假村。
但是建造過程不太順利，甚至傳出工人死亡意外……
最後，更在開挖土地的時候……
哇啊啊啊啊啊!!!!!!
在這塊土地下面……
挖到許多骨骸……

據說，還有很多骨骸沒被挖出來，埋藏在飛碟屋底下呢……
怨恨的靈魂就這樣陰魂不散的徘徊在此，所以最後這裡才被遺棄二十幾年，成為鬼城……
呀啊啊啊~飛碟屋是鬼屋啊！我要回家啦！
大吃一驚
聽他在放屁啦！
這裡只不過是因為資金問題，開發只到一半就被迫遺棄，哪有什麼鬼啊！
真正邪門的，是門口那裡……
從樓上窗戶這裡應該看得到吧……

咦？你是說那個古城入口哦？
嗯，門口那裡，有一座石龍……
是一隻只剩頭跟尾的龍……
似乎是當初在拓寬道路時，將石龍身體給攔腰截斷了。
之後，門口的路段就經常發生車禍或騎士無緣無故摔倒……
據說在半夜裡，更不可以直盯石龍的眼睛，否則會發生不祥之事……

瞎掰的吧？那到底會發生什麼事情呢？
不知道，我也不太清楚。
不然，我們半夜一起去看看吧！
我不要。
欸~~~~~~!?
我是不知道你在想什麼，但有些事情最好不要抱持著好玩的心態去嘗試。
那尊石龍連地方居民都很敬畏，還是不要亂來啦！
而且時間也不早了，我看我們就早點回去吧！

好吧！那至少拍照留念一下，總可以吧？
我們來到飛碟屋外的路口，與廢棄的石龍合照，
啪喳！
啪喳！
雖然只是傍晚，但在鏡頭下的石龍，
看起來格外陰森。

回家的路上，我一直在想，那尊石龍，到底為什麼會建造在那裡呢？
掰掰~
我回來囉！
神聖的石龍不僅被截斷，甚至還被棄置在馬路邊，有種神像被褻瀆了的感覺……
看見它就覺得很不吉祥……
鈴~
鈴~
喂？
喂！兔子！今天去飛碟屋拍的照片，趕快傳給我吧！

都這麼晚了，你真的很會折磨人耶！
好啦！好啦！我正在用筆電啦！
那裡真的很酷啊！下次我們半夜去那探險看看！
呃……我覺得那個地方還是不要去的好……
怎麼了？
不管怎麼看，那裡真的太危險了……

我拍了很多張照片，但是不知道為什麼……
你跟石龍的合照，全部都……
沒有頭……
【斷掉的石龍・完】

畫完這篇後才發現，飛碟屋已經拆除了！
拆除前甚至還有電影來此拍攝取景哦！

地下碉堡的腳步聲

大家跟緊一點哦！
等一下千萬別走失了！
什麼鬼啊！你說要帶我們到有趣的地方探險，結果是來這陰森的地道啊！
早知道我這弱女子就不會答應跟你們一起來了。
碎碎唸什麼啦？妳這恰查某！
台中望高寮，位於南屯區與大肚區交界處，因為地形關係，可以俯瞰大肚溪以及彰化平原，還可以遠望臺中港，是個觀賞夜景的好地方！
不過這裡有更有趣的地方。

在這附近，還遺留幾座軍事碉堡。
而所有的老舊碉堡，就被臺中人合稱為……

東海古堡。

這天，我跟朋友來到東海古堡，一起去地道探險。
但我沒想到，居然會遇到那種事情……
下石梯的時候，大家小心一點哦！
說到地下碉堡樓梯啊，跟大家講個我聽過的故事！
之前也有像我們一樣，來這裡探險的大學生。
當他們到樓梯最後一階時，
嗯？樓梯怎麼軟軟的？

地道太暗了，看不清楚，用打火機吧！
好吧！
啪嗒！
哇啊啊啊啊啊啊啊!!!
突然間，打火機瞬間熄滅，再次點燃之後，只剩下空蕩蕩的地道，沒有看見任何東西。
之後才知道，原來曾經有人在這地下樓梯，不小心摔死過！

有些碉堡的入口樓梯年久失修，甚至崩坍的也有，要是沒注意的話，可能就成為下一個階梯的亡魂囉！
不要在這裡講那種嚇人的故事啦！
放心啦！這個入口我早就下來探查過了，很安全的啦！
在這狹窄的地方，有種說不出的壓迫感。
地下通道裡，悶濕的空氣充斥整個空間，一股刺鼻的霉味席捲而來。

聽說這裡通到很多地方，是真的嗎？
是啊！這裡是日據時期，日本人徵兵興建的防禦建築。
主要是為了避免美軍登陸，而興建的反空降碉堡與馬鞍型掩體。
據說這裡面最深還有到地下三層哦！
哇啊！真的假的？
不過，根本沒有人發現過通到地下樓層的樓梯，而且地道錯綜複雜，
要是迷路了，真的可能走不出來呢！

噠……噠……
嗯？
奇怪，我剛剛好像聽到後面有腳步聲耶？
喂！別嚇我！伶杯走最後一個耶！
這種時候，還是不要回頭比較好哦！
什麼啦！不要在這種時候講這麼恐怖的話啦！
只是突然想到，之前我高中同學也曾經來這邊探險。
他們……
跟我們一樣，也是大家一起來玩，
噠……
噠……
她也聽到背後傳來腳步聲，不過她以為是同行的朋友，於是不以為意。

噠……
噠……
但是不知道為什麼，腳步聲卻越來越多，
我們有來那麼多人嗎？
好奇的她，鼓起勇氣轉頭過去！
噠〇〇〇〇〇〇
噠〇〇〇〇〇〇
噠〇〇〇〇〇〇

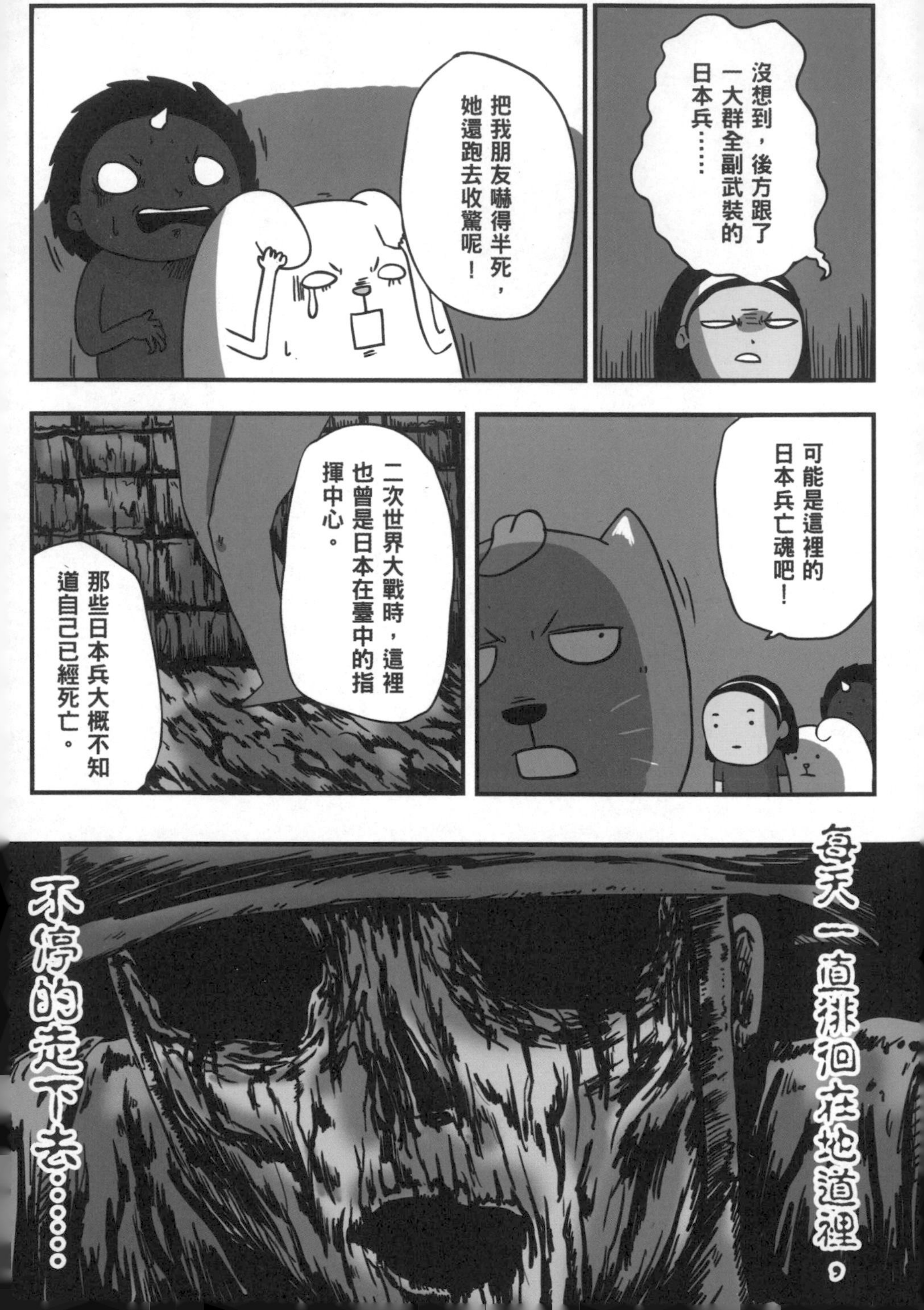
沒想到，後方跟了一大群全副武裝的日本兵……
把我朋友嚇得半死，她還跑去收驚呢！
可能是這裡的日本兵亡魂吧！
二次世界大戰時，這裡也曾是日本在臺中的指揮中心。
那些日本兵大概不知道自己已經死亡。
每天一直徘徊在地道裡，
不停的走下去……

稍微用眼睛餘光偷偷瞄了一下，我確定我的後方沒有任何人，
大概是環境的關係吧，我越來越想趕快離開這裡，總覺得背後有股冷風，讓我好不舒服……
咦？奇怪！
怎麼啦？
原本要出去的出口崩塌了！
沒辦法，看來只好走原路回去了！
不會吧？難道不能走別條岔路嗎？
不行啦！我只記得這條通道，走其他岔路太危險了啦！
不要囉嗦，快往回走吧！

沒想到走了那麼久，居然要回頭，結果變成我帶頭，開始往回走！
噠……
噠……
噠……
噠……
不知道走了多久，似乎一直沒有在前進，是因為黑暗的關係，讓感覺麻痺了嗎？

我們走多久啦？還沒到原來的出口嗎？
我們剛剛進來的時候，有走那麼久嗎？
你是不是帶錯路啦？
不可能啊！我都是照剛剛的路回頭走耶！
該不會……
有人不希望我們離開這裡……
給我閉嘴！

噠……
噠……
有腳步聲！有人朝我們走過來了！
可是，下來地道的，不是只有我們嗎？
難道是那些日本兵……
救命……
救救我們……
出……出現啦！

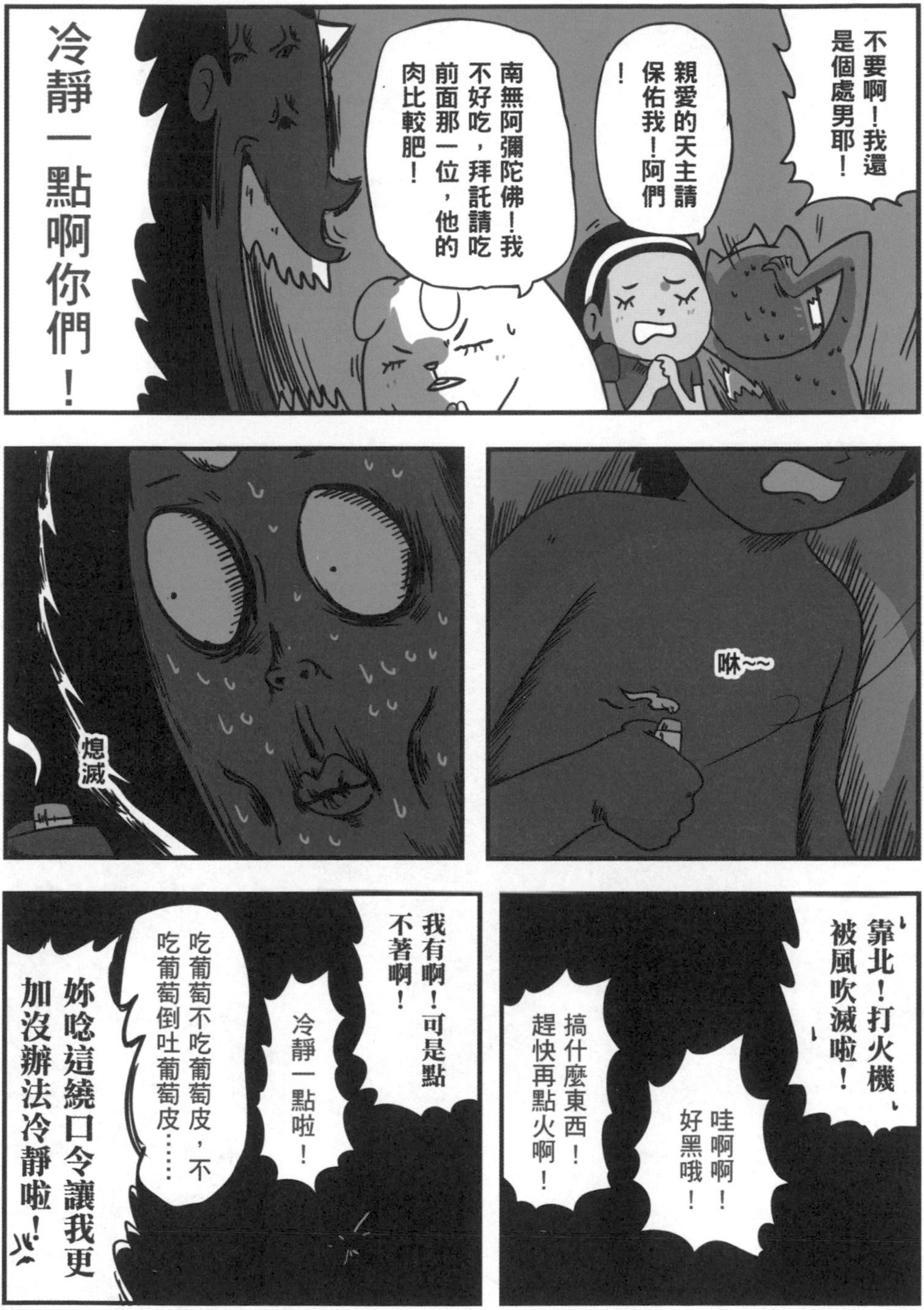
不要啊！我還是個處男耶！
親愛的天主請保佑我！阿們！
南無阿彌陀佛！我不好吃，拜託請吃前面那一位，他的肉比較肥！
冷靜一點啊你們！
咻~~
熄滅
靠北！打火機被風吹滅啦！
搞什麼東西！趕快再點火啊！
哇啊啊！好黑哦！
我有啊！可是點不著啊！
冷靜一點啦！
吃葡萄不吃葡萄皮，不吃葡萄倒吐葡萄皮……
妳唸這繞口令讓我更加沒辦法冷靜啦！

點著啦！

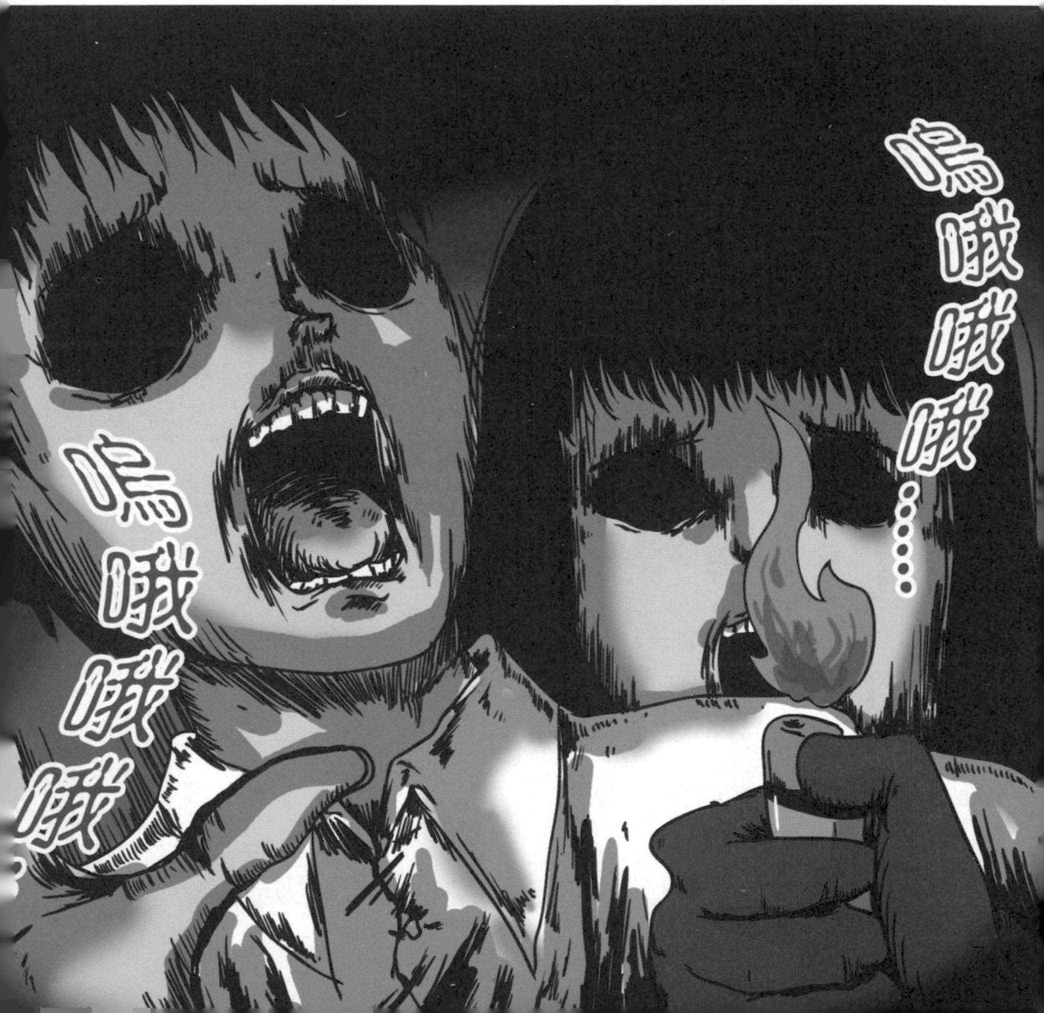
嗚哦哦哦……
嗚哦哦哦

哇啊啊啊啊啊!!!
……
……
跌坐
不好意思，我們下來玩，結果迷路了，可以請你帶我們出去嗎？
你們好歹也出個聲音啊！
剛剛不是有喊救命了嗎……
有時候人嚇人，真的會嚇死人……

【地下碉堡的腳步聲・完】

結果還是迷路了……
奇怪？怎麼繞回來了呢？

夜半招手的女人

嗯
招手
真幸運，大半夜的還有客人。
我是一名計程車司機，這天，在臺中載了一名路上攔車的客人。
TAXI
而這次，也是我開車以來，印象最深刻的一次……
謝謝你幫我搬行李上車啊，司機先生，我在這條路上等很久，都沒什麼車經過。
畢竟半夜啦，這麼晚了你要去哪裡呢？

摸索
我是外地來的，準備要到親戚家住，他們有給我一個地址。
好的，地址拿給我看看吧！
這裡啊，好，我這就送你過去吧！
看過地址後，突然有種莫名的熟悉感……
奇怪，好像在哪裡看過那個地址？
不知道臺中這邊有什麼景點或美食嗎？
哈哈，很多啊！
可以去秋紅谷廣場晃晃，或是高美濕地，然後到宮原眼科吃冰淇淋，晚上別忘記去逢甲夜市吃美食哦！
哦哦～

不過這裡是烏日區，倒是可以先去成功車站拍拍紀念照。
附近都是稻田，感覺好偏僻啊！
哈哈，
待會下交流道就會比較熱鬧一點啦！
咦？這附近，該不會是……
哇哦~~~
前面那棟四層樓的建築物，

看起來有夠老舊的。

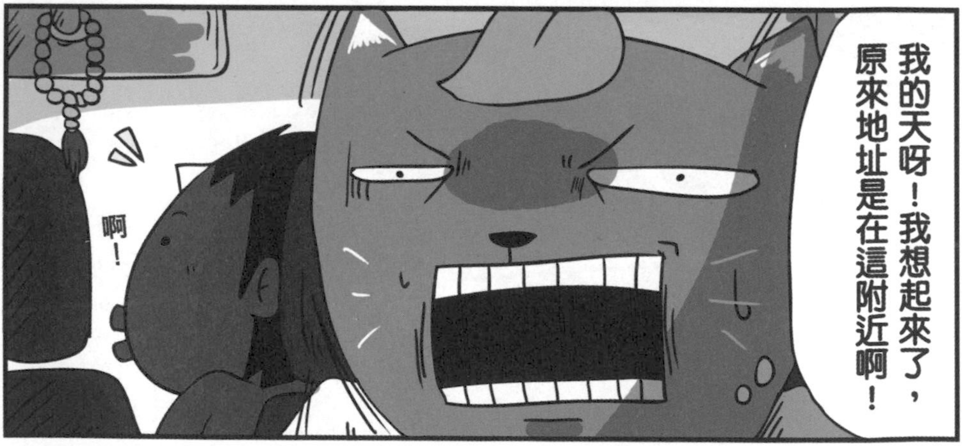
我的天呀！我想起來了，原來地址是在這附近啊！
啊！

啊，那邊有個穿紅衣服的女人正在招手……
哇啊啊啊啊啊啊啊啊啊!!!
咦？
猛踩
嘰咿咿~~~
司機先生，怎麼了嗎？
為什麼突然加速啦？
你是外地來的人，所以不知道發生過什麼事情！
剛剛那棟房子，在這裡可是很有名氣呢！

好幾十年前，當時有位富商，要在這裡蓋棟四層樓高的透天厝！
在那時候，這棟可算是烏日最氣派豪華的建築呢！
富商當時認識了一位在酒店工作的紅粉知己，
跟她借了一大筆錢，並承諾房子蓋好後，就接她回來，娶她做老婆。
合約
可是，房子完工後，
富商卻沒有實現諾言。

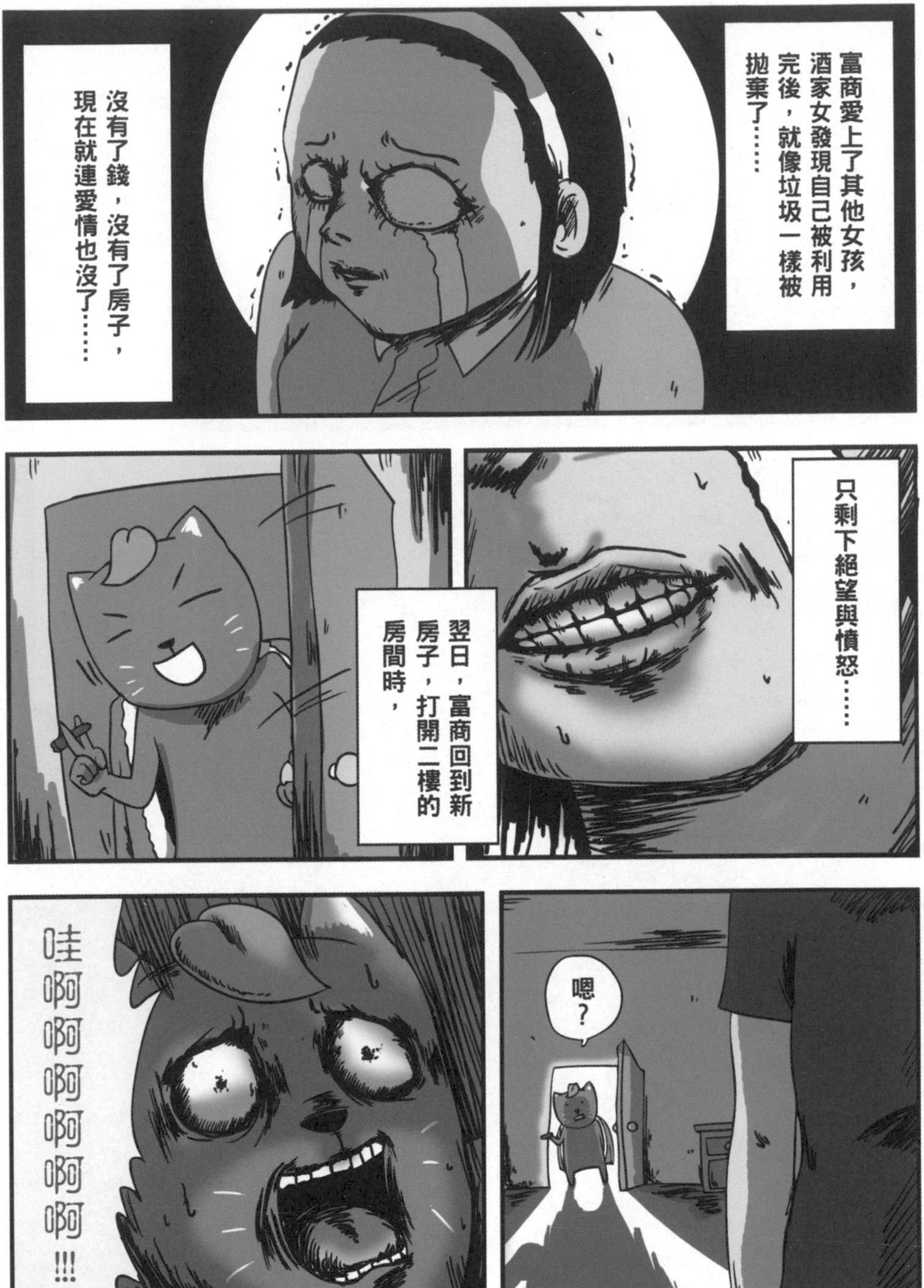
富商愛上了其他女孩，
酒家女發現自己被利用
完後，就像垃圾一樣被
拋棄了……
沒有了錢，沒有了房子，
現在就連愛情也沒了……
只剩下絕望與憤怒……
翌日，富商回到新
房子，打開二樓的
房間時，
嗯？
哇啊啊啊啊啊啊!!!

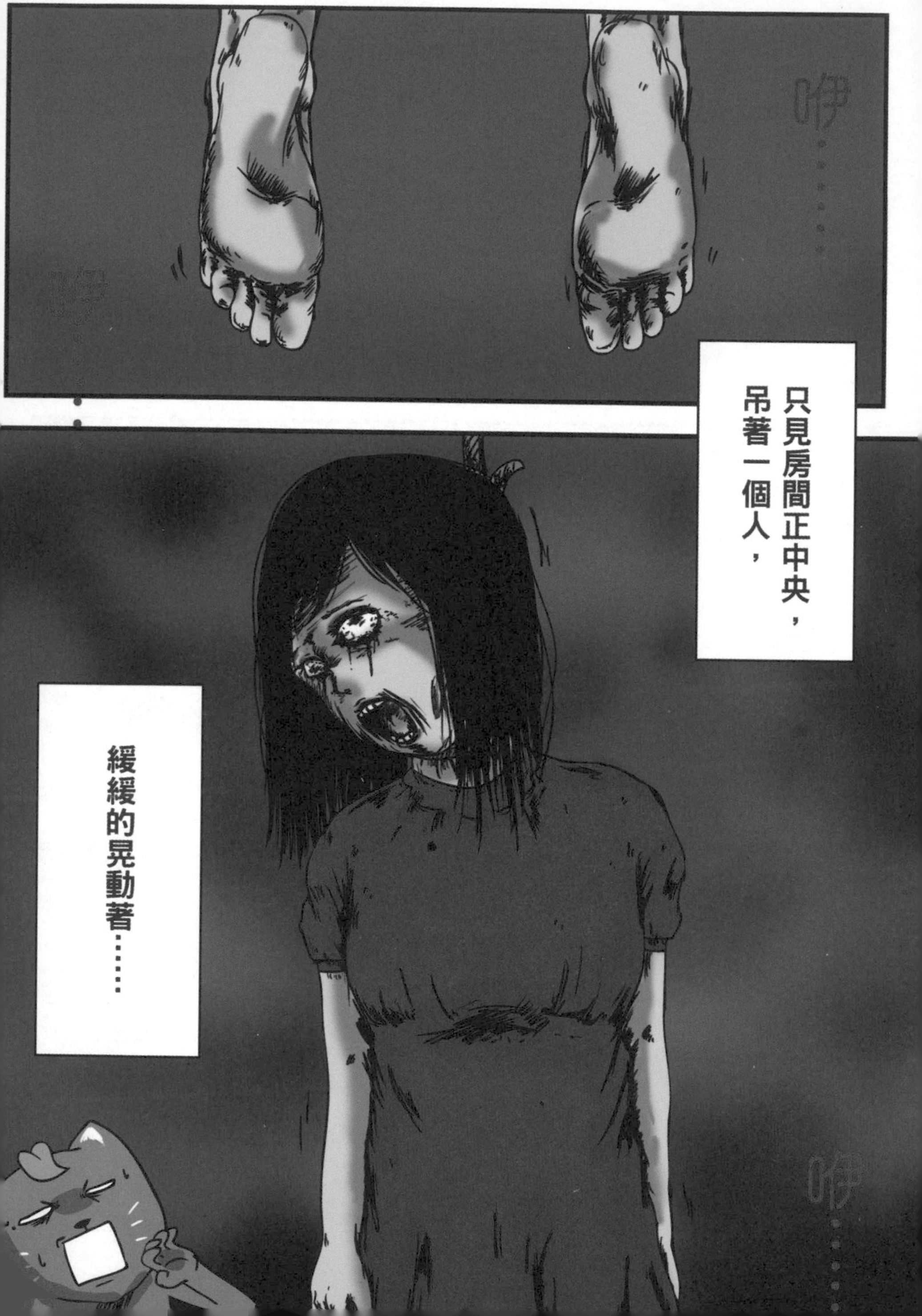
咿……
只見房間正中央，
吊著一個人，
緩緩的晃動著……
咿……

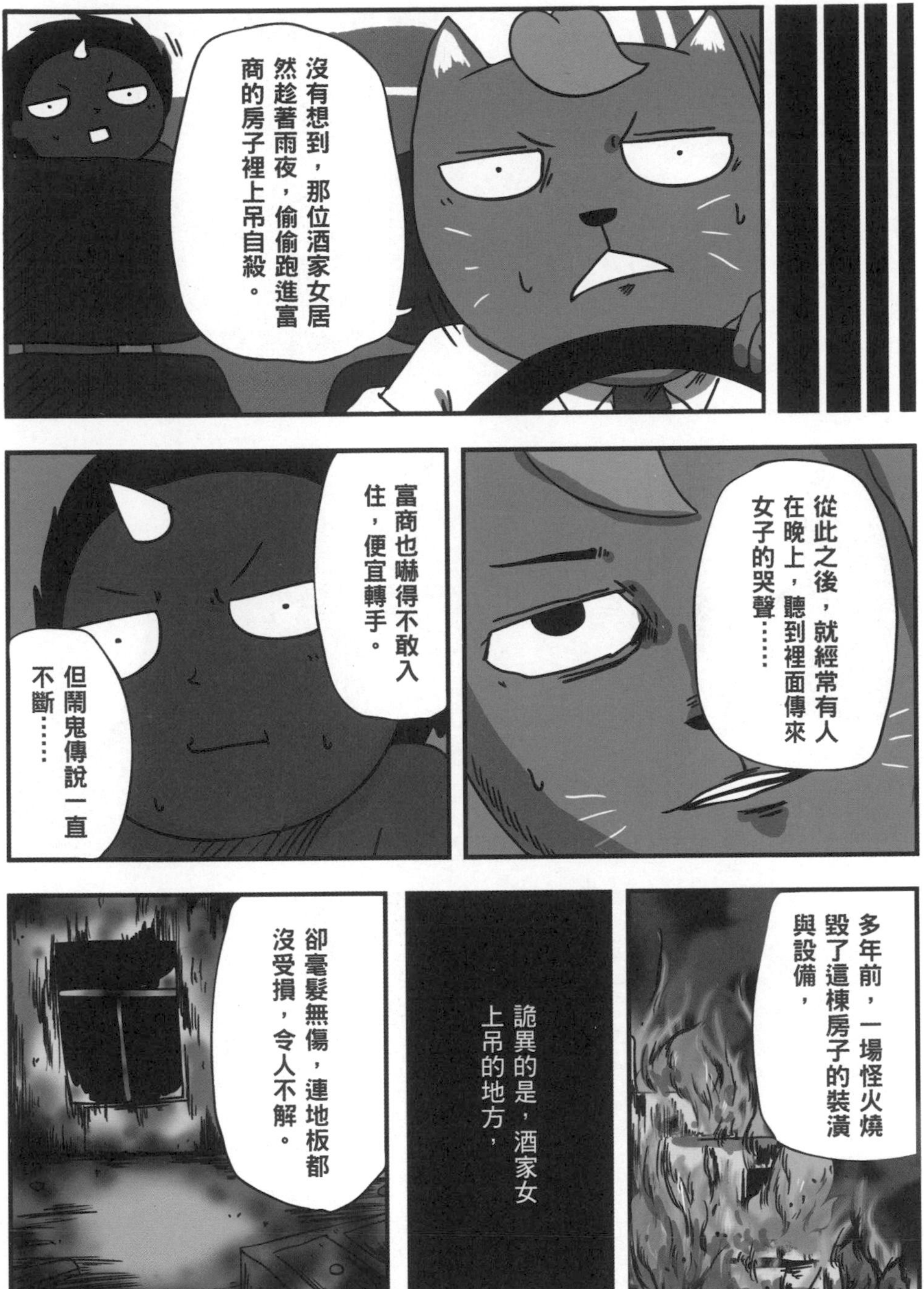
沒有想到，那位酒家女居然趁著雨夜，偷偷跑進富商的房子裡上吊自殺。
從此之後，就經常有人在晚上，聽到裡面傳來女子的哭聲……
富商也嚇得不敢入住，便宜轉手。
但鬧鬼傳說一直不斷……
多年前，一場怪火燒毀了這棟房子的裝潢與設備，
詭異的是，酒家女上吊的地方，
卻毫髮無傷，連地板都沒受損，令人不解。

一直到現在，四層樓的樓房，雜草叢生，全天鐵門深鎖，那棟就是我們這最有名的鬼屋……
烏日鬼屋。
就算那是鬼屋，跟我有什麼關係啊……
紅衣服。
那個酒家女上吊自盡的時候，全身穿著紅衣服！
不僅如此，連指甲油以及唇膏，也都是紅色的。
所以她死後陰魂不散的徘徊在那裡！

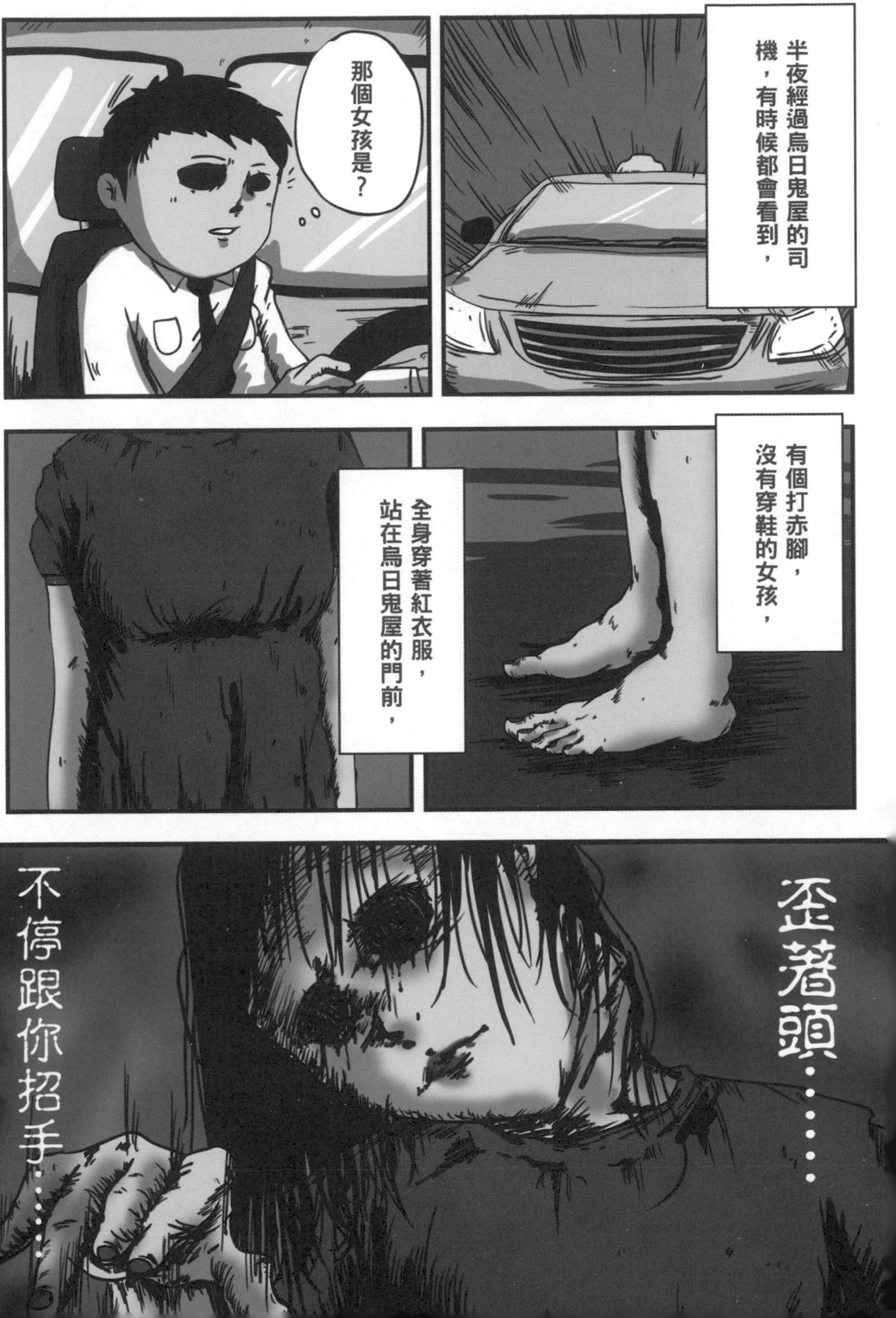
半夜經過烏日鬼屋的司機，有時候都會看到，
那個女孩是？
有個打赤腳，沒有穿鞋的女孩，
全身穿著紅衣服，站在烏日鬼屋的門前，
歪著頭……
不停跟你招手……

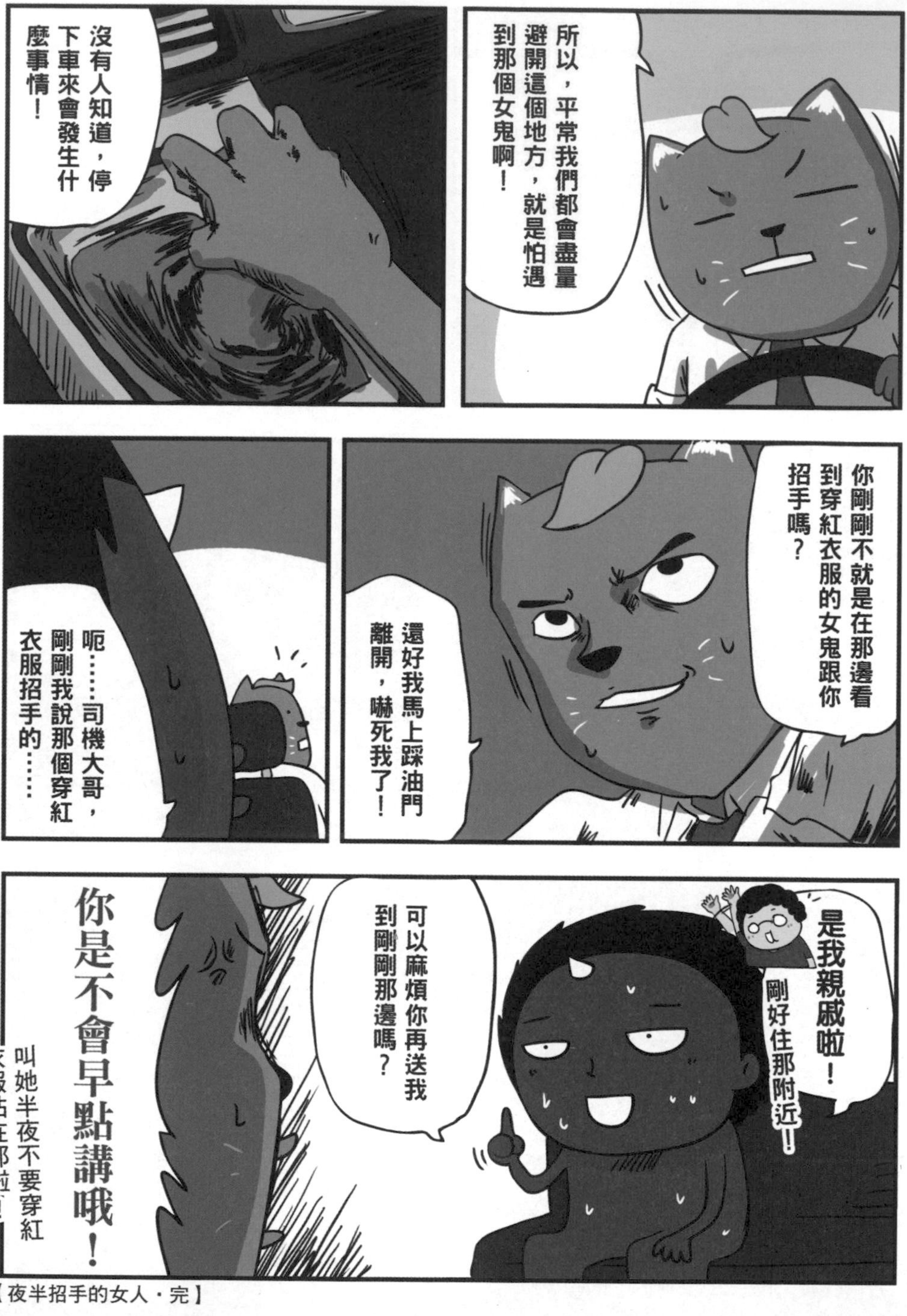
所以，平常我們都會盡量避開這個地方，就是怕遇到那個女鬼啊！
沒有人知道，停下車來會發生什麼事情！
你剛剛不就是在那邊看到穿紅衣服的女鬼跟你招手嗎？
還好我馬上踩油門離開，嚇死我了！
呃……司機大哥，剛剛我說那個穿紅衣服招手的……
是我親戚啦！
剛好住那附近！
可以麻煩你再送我到剛剛那邊嗎？
你是不會早點講哦！
叫她半夜不要穿紅衣服站在那啦！

【夜半招手的女人・完】

咦？

惡魔樹

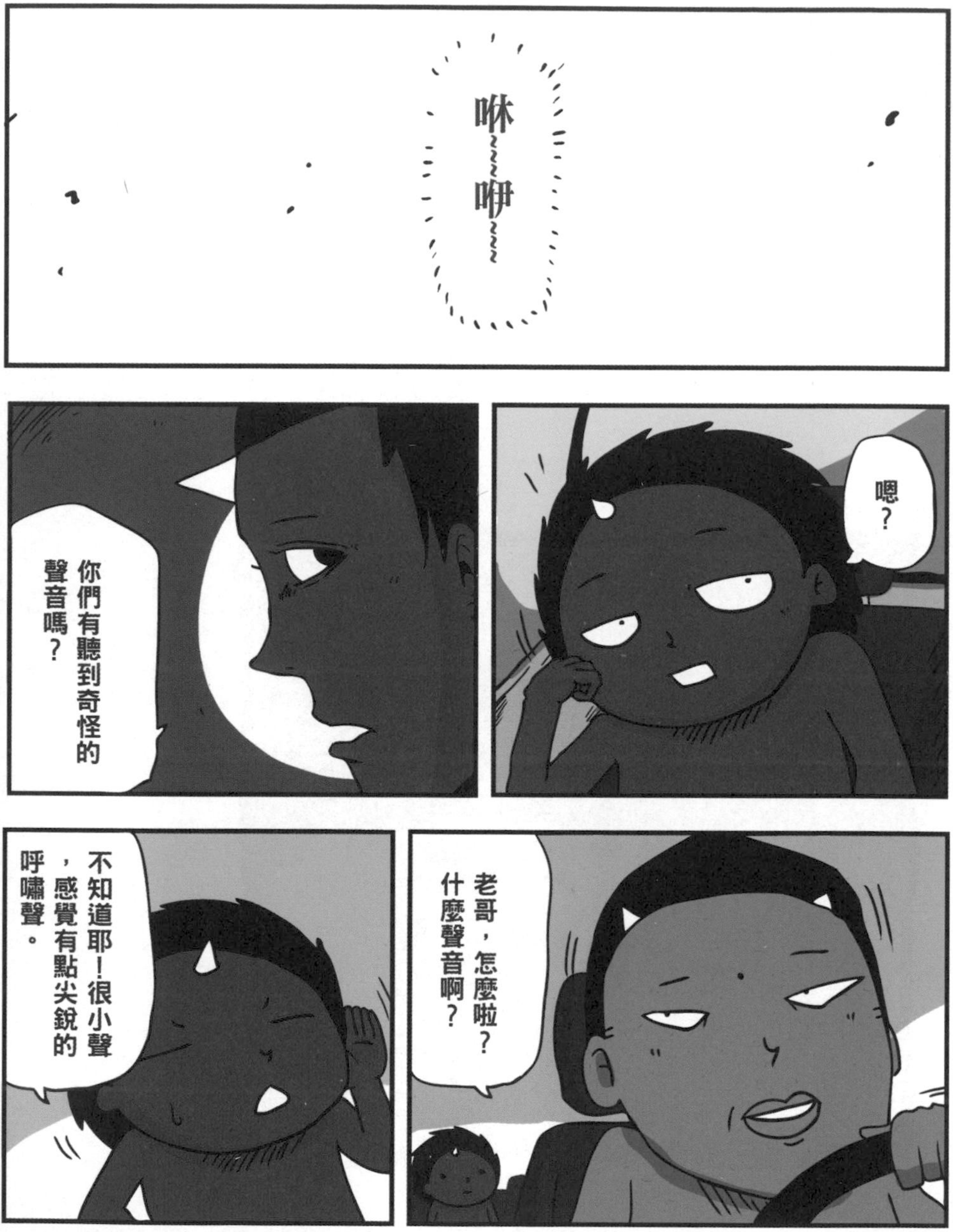
咻~~~咿~~~
嗯？
你們有聽到奇怪的聲音嗎？
老哥，怎麼啦？什麼聲音啊？
不知道耶！很小聲，感覺有點尖銳的呼嘯聲。

呼嘯聲？
沒有耶！老公你有聽到嗎？
當然啦！那麼大聲……
我這輛咆嘯中的跑車，引擎聲超猛的吧！
沒人在講你的車啦。
你這愛車狂！
……
今天跟著弟弟與他老婆，一起來到南投的玉山國家公園。
呼～～～
不曉得為什麼，途中一直聽到遠方傳來細碎的聲音……

老哥，待會我帶你去看玉山入口附近的景點吧！
快到了！
什麼景點啊？
是南投這裡非常著名的兩棵樹。
樹？
我對樹沒什麼興趣耶！
哥哥，這兩棵樹可不一樣哦！
它們可是擁有一段動人又淒美的愛情傳說呢！
據說，在很久很久以前，有一對非常恩愛的情侶。
卻因為雙方家長反對，而不能長相廝守。

最後兩人相約在此殉情。
而懸崖旁也莫名地長出兩棵互相依偎的檜樹，
後人為紀念他們堅貞的愛情，就讓他們拜堂成親，
成全兩人的心願。
怎麼聽起來很像觀光旅遊所準備的愛情傳說啊！
嘖！你們男生不懂啦！
已經到了哦！大家可以下車啦！
喀噠
這是……
樹……？

是的，這兩棵就是臺灣著名的神木之一，
塔塔加夫妻神木，又被稱作……
夫妻樹。

什麼碗糕啊?根本就光禿禿的啊!
不然勒?這兩棵樹都活了快一千年!
一……一千年!?
我看這兩棵也應該快變成樹妖了吧!
咻
咻
嗚啊!突然風變好大!
咻~咿~
呃……老弟你有聽到嗎?
那個聲音又出現了!
一種不舒服的聲音,尖銳又細小的傳過來……

與其說是呼嘯聲，現在反而感覺像是刀叉刮盤子的聲音，
一股令人不悅的刺耳聲……
又來了？可是我什麼都沒有聽到耶！
我也是沒聽見。
奇怪？是我聽錯了嗎？
唧咿！
啊！開始有遊覽車進來了！
老公，我們趕快趁人還不多，跟夫妻樹合照吧！

好啊！老哥，我們兄弟倆趕快拍一張吧！
要拍照囉！來，笑一個！
啪喳！
啪喳！
咻～
咿～
咻～
咿咿咿～
咿咿咿～
咻咿～
突然間，那個聲音，越來越大聲，頻率越來越快……
老哥，你還好吧？
有聲音，好可怕的聲音啊！

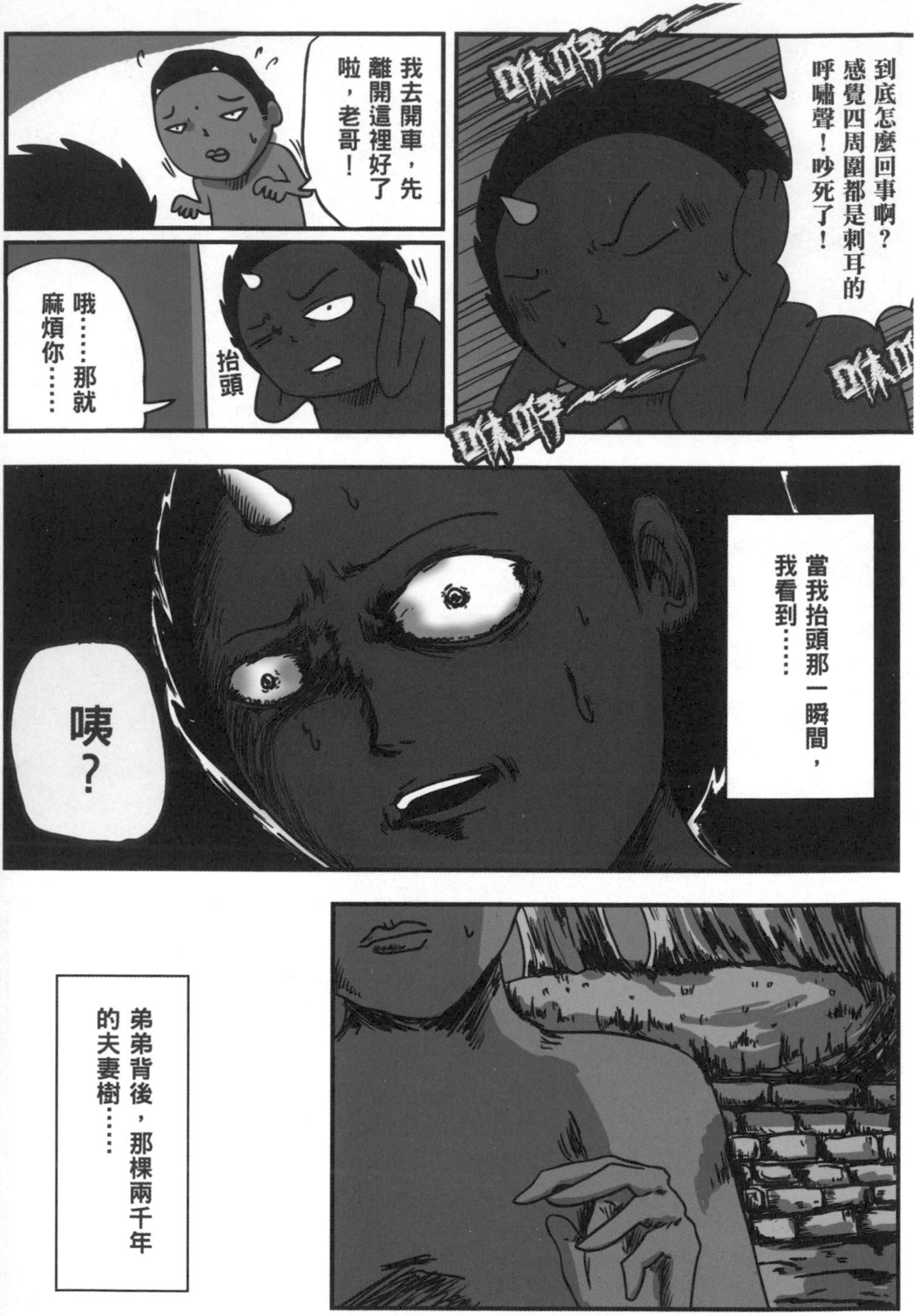
咻呼~
到底怎麼回事啊？感覺四周圍都是刺耳的呼嘯聲！吵死了！
咻呼~
咻呼~
我去開車，先離開這裡好了啦，老哥！
抬頭
哦……那就麻煩你……
當我抬頭那一瞬間，我看到……
咦？
弟弟背後，那棵兩千年的夫妻樹……

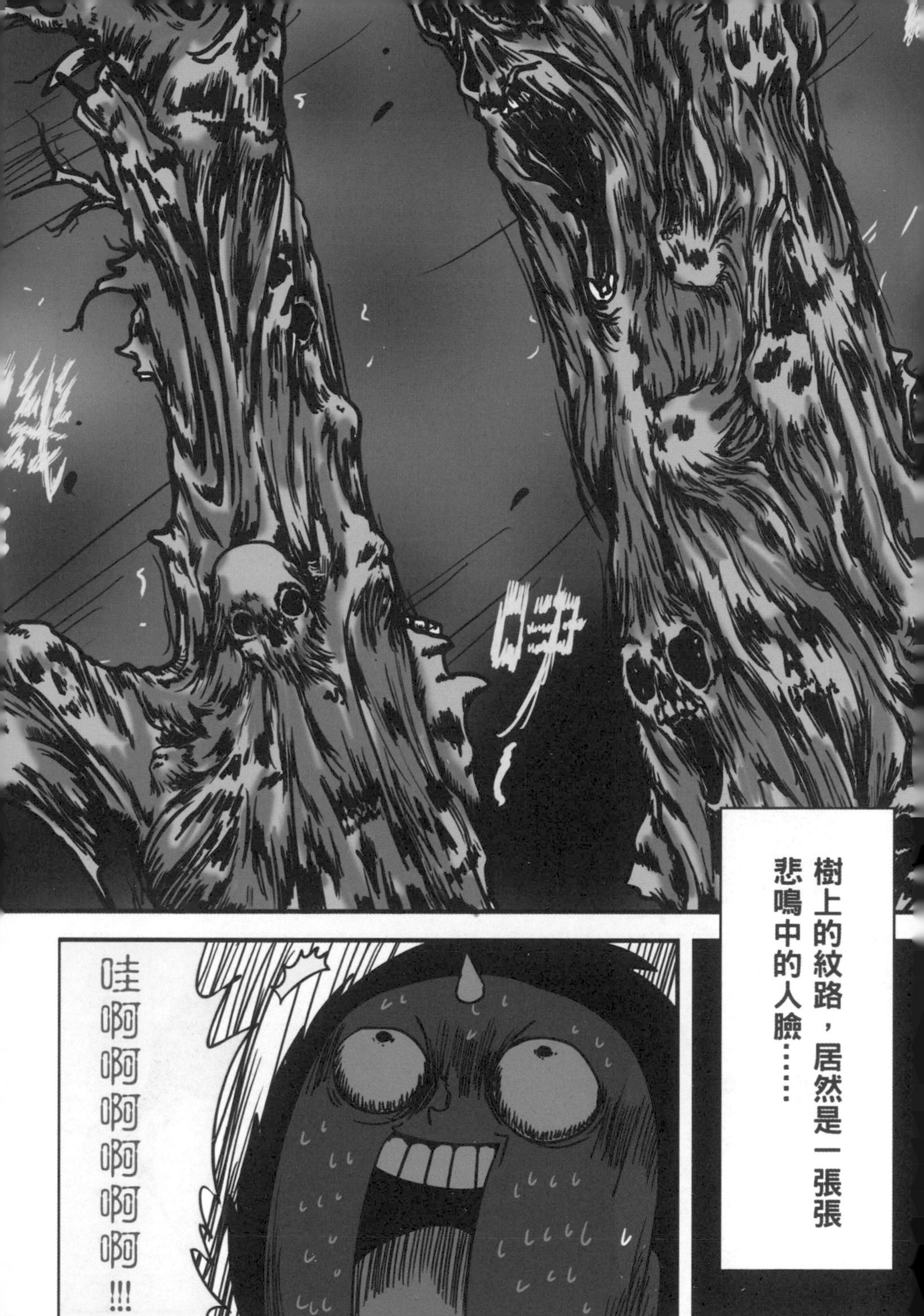
樹上的紋路，居然是一張張悲鳴中的人臉……
哇啊啊啊啊啊啊!!!

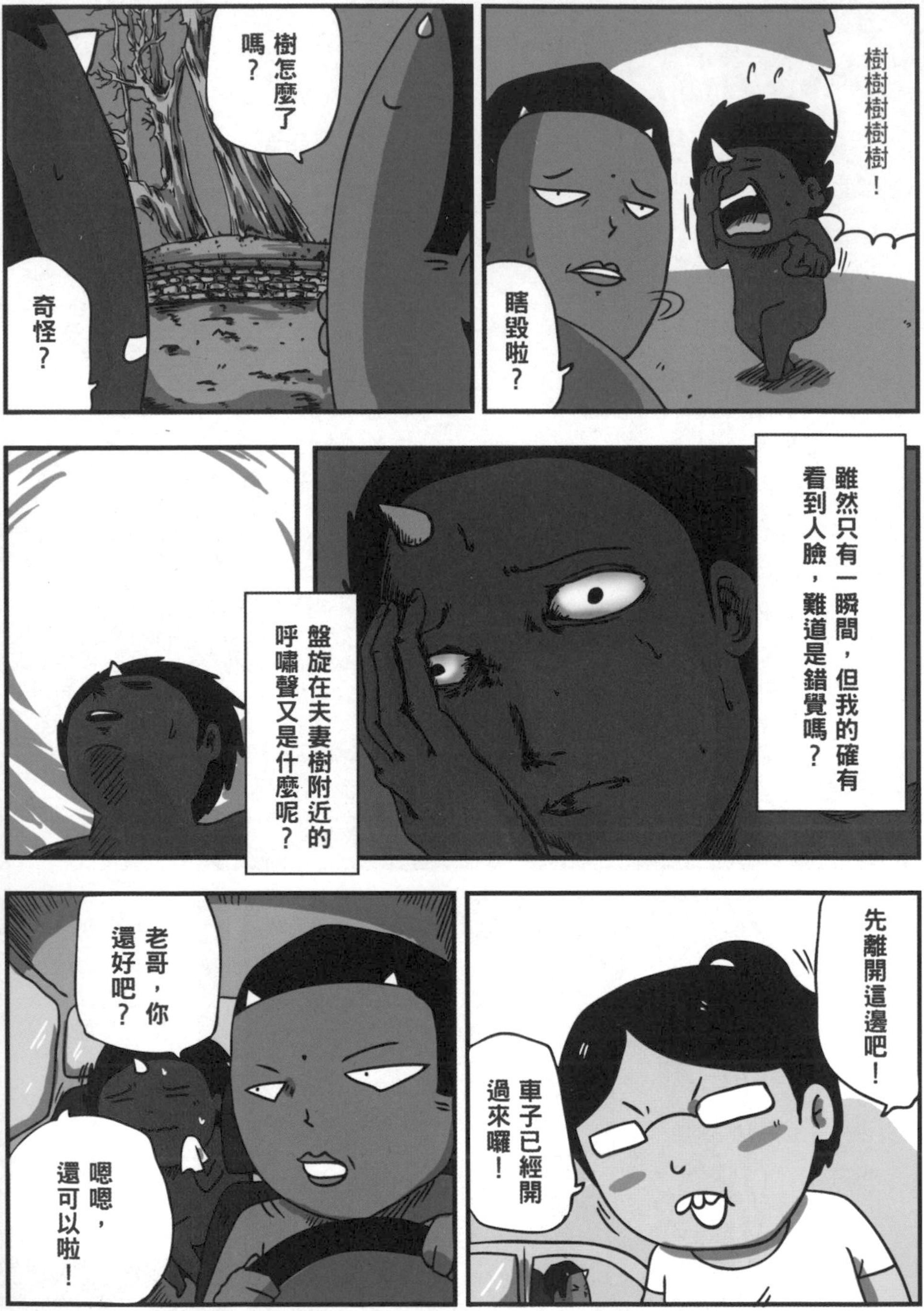
樹樹樹樹樹！
瞎毀啦？
樹怎麼了嗎？
奇怪？
雖然只有一瞬間，但我的確有看到人臉，難道是錯覺嗎？
盤旋在夫妻樹附近的呼嘯聲又是什麼呢？
先離開這邊吧！
車子已經開過來囉！
老哥，你還好吧？
嗯嗯，還可以啦！

緊急插播一則新聞，今日中午，南投中橫附近發生一起嚴重交通意外……
咦？新聞說的地方，好像是剛剛夫妻樹那附近耶……
一輛滿載遊客的遊覽車，不明原因，意外墜落山谷……
什麼！
天壽！好危險啊！我看我還是開慢一點好了。
老公，你知道嗎……

其實關於那兩棵樹，除了夫妻樹的傳說，還有另一段比較少人提起的故事……
只不過我不太喜歡，所以剛剛沒有講。
蛤？還有另一段故事？
幹嘛突然提起這件事啊？
遞出
嗯？相機？
這不是我們剛剛拍的照片嗎？
拍得滿好的嘛……
等等，這張照片是怎麼回事啊？
嚇
相較於夫妻樹動人淒美的傳說，另一則可就沒有那麼美麗……

相傳在很久以前，這裡的原住民部落中……
曾經有兩位恐怖的壞巫師，待在深山中，
壞巫師經常迫害山中村莊，並會使用巫術懾取人們的靈魂。
最後被正義的巫師齊力將兩人的邪惡靈魂，禁錮在兩棵檜木樹裡面。
啊啊啊
最後這兩棵樹，一夜變成枯木，就這樣永遠佇立在山中……
巫師靈魂被禁錮後，仍然怨恨並詛咒接近這裡的人，當地人都不太敢來這裡，並且把這兩棵樹稱作……
吞口水

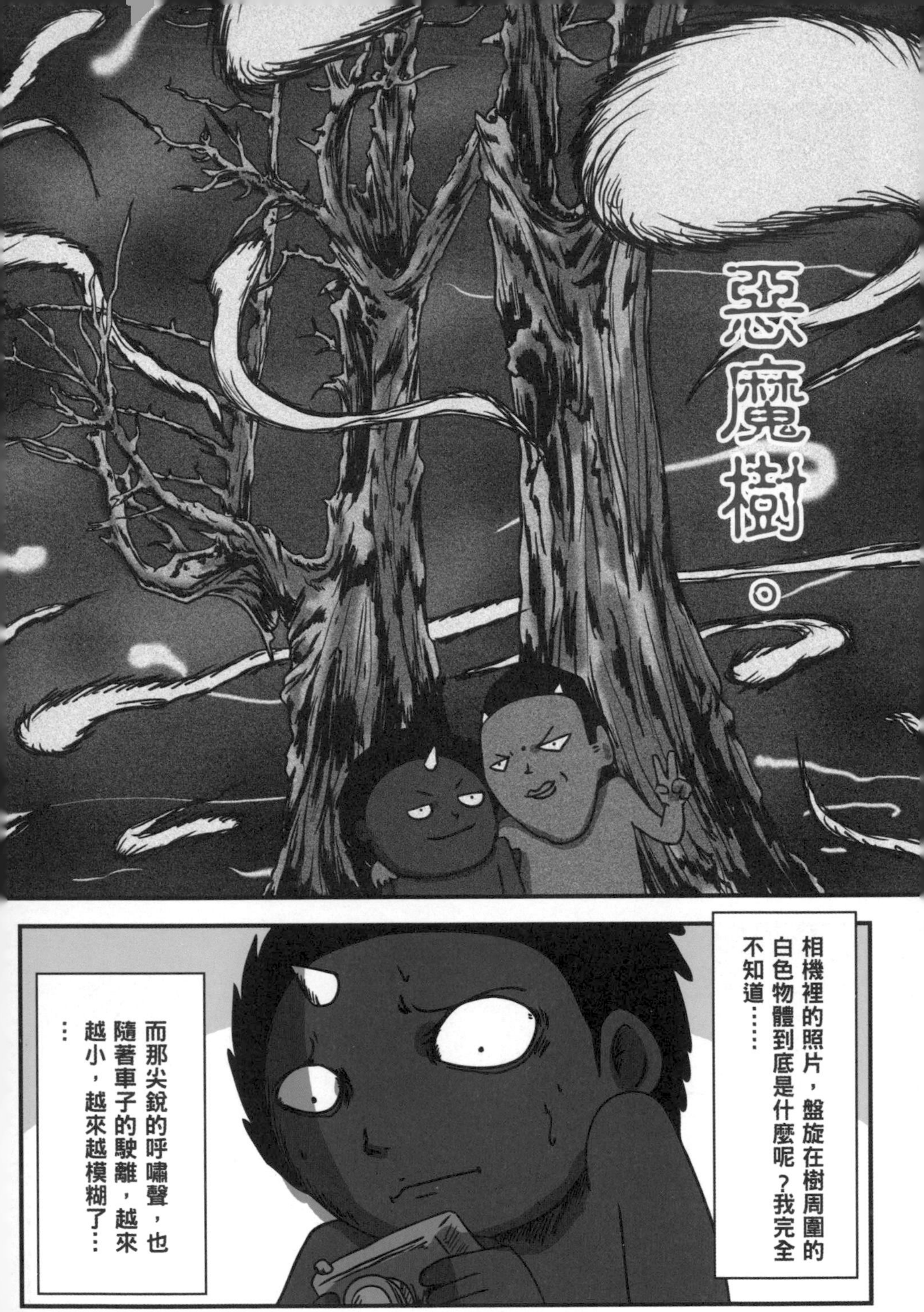
惡魔樹。
相機裡的照片，盤旋在樹周圍的白色物體到底是什麼呢？我完全不知道……
而那尖銳的呼嘯聲，也隨著車子的駛離，越來越小，越來越模糊了……

【惡魔樹．完】

這是屁吧？
屁照得出來嗎?!

古井裡的倒影

我的天呀！入口看起來陰森森的。
真的要進去嗎？
快點進來吧！這地方可是很有名的景點耶！
來嘉義就是要到這裡逛逛。
這天下午，跟朋友一起來到這裡，穿過一段雜草重生的小徑。
南無阿彌
黃色的佛語布條以及崎嶇小路，讓這地方即使是午後，也教人感覺不舒服。

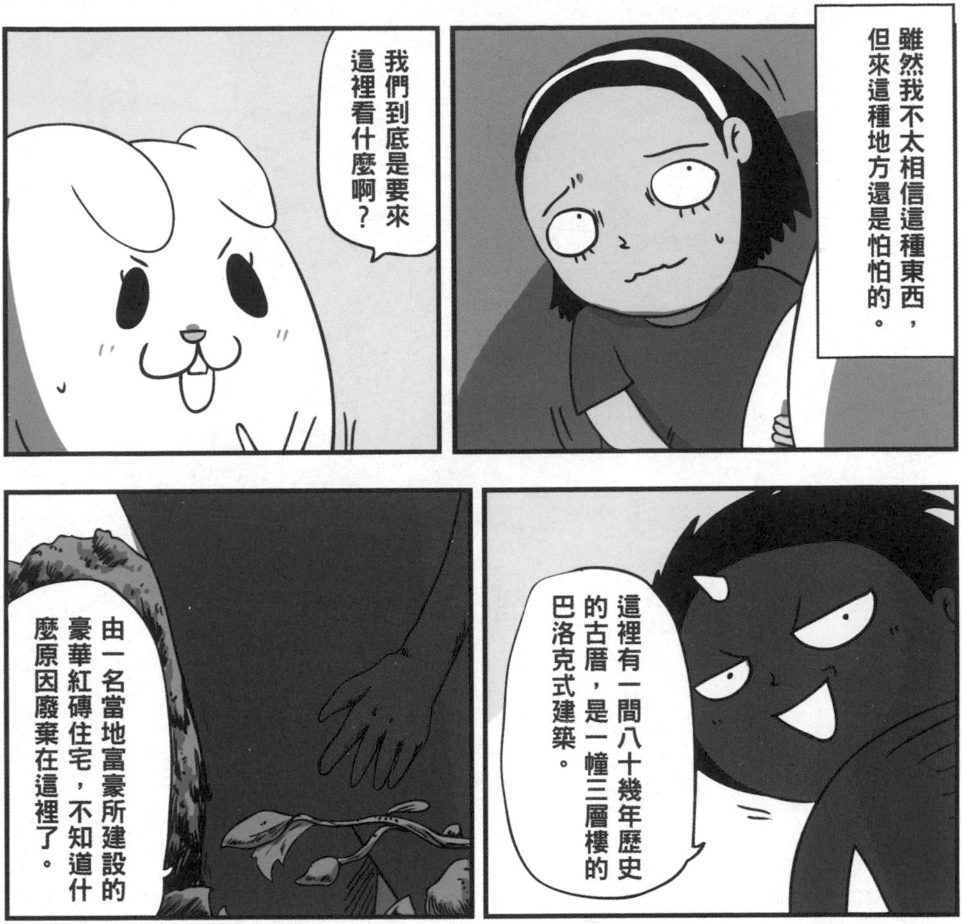
雖然我不太相信這種東西，但來這種地方還是怕怕的。
我們到底是要來這裡看什麼啊？
這裡有一間八十幾年歷史的古厝，是一幢三層樓的巴洛克式建築。
由一名當地富豪所建設的豪華紅磚住宅，不知道什麼原因廢棄在這裡了。
從門口進來後，就可以到達最裡面。
看到了吧！這就是嘉義民雄最有名的房子，
劉氏古厝，又被當地人稱為……

民雄鬼屋。

曾經是網路票選臺灣第一名「最恐怖的鬼地方」喔！

三層樓高紅磚洋式建築，佇立在庭院中斑駁的牆壁，讓這裡更顯得詭異。
這幢古宅，到底發生過什麼事情啊？
民雄鬼屋有太多傳說了，有人說是因為無法住人才遺棄在這。
曾有人想整修改建，但是開工前卻都頻頻發生意外，讓這裡蒙上一層神秘詭譎的色彩呢！
牆壁上的這些，就是傳說的其中之一。
蛤？

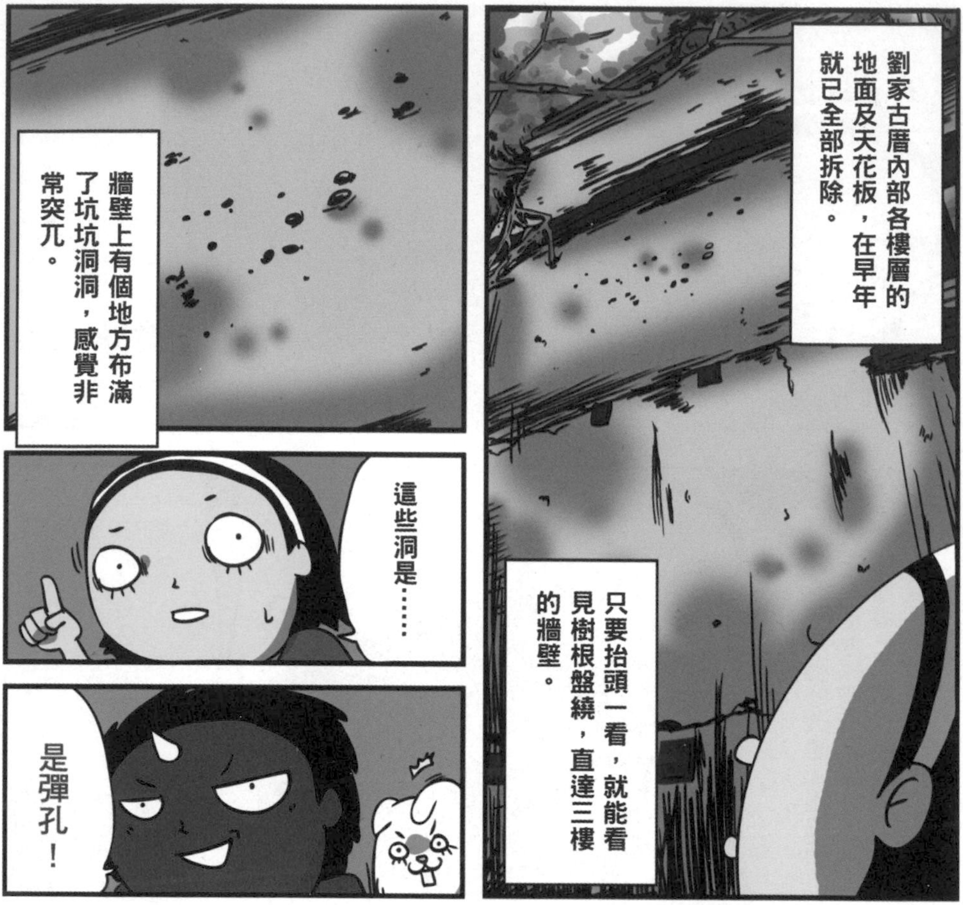
劉家古厝內部各樓層的地面及天花板，在早年就已全部拆除。
只要抬頭一看，就能看見樹根盤繞，直達三樓的牆壁。
牆壁上有個地方布滿了坑坑洞洞，感覺非常突兀。
這些洞是……
是彈孔！
原來劉家以前是黑社會幫派啊！難怪這裡怨氣那麼重！
不不不！應該不是妳想的那樣！

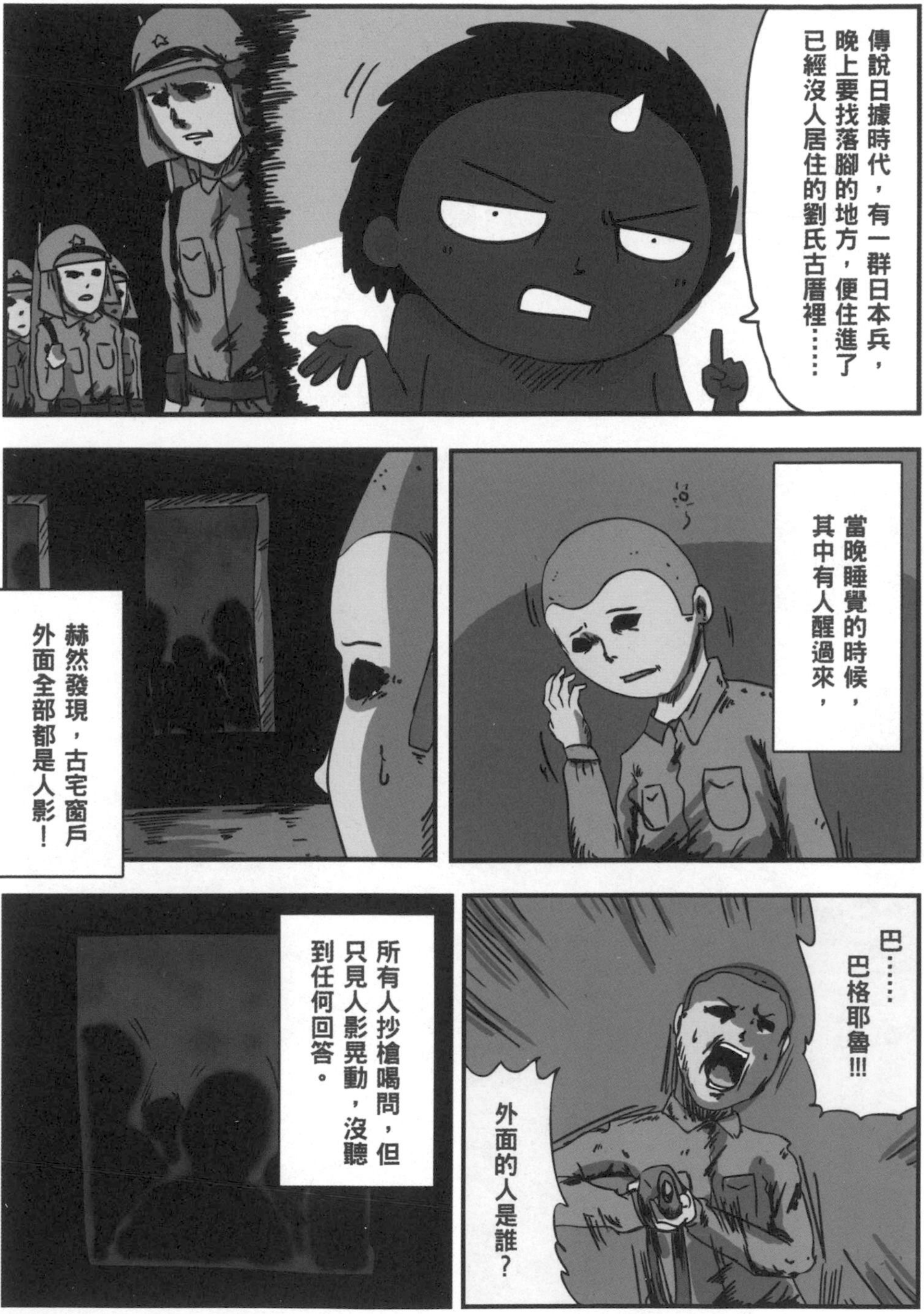
傳說日據時代，有一群日本兵，晚上要找落腳的地方，便住進了已經沒人居住的劉氏古厝裡……
當晚睡覺的時候，其中有人醒過來，
赫然發現，古宅窗戶外面全部都是人影！
巴……巴格耶魯!!!
外面的人是誰？
所有人抄槍喝問，但只見人影晃動，沒聽到任何回答。

所有人以為遇到敵襲，馬上開槍掃射……
噠噠噠~~
碰！
隔天，村民們來到古厝，發現那群日本兵，
統統都被槍打死……
有的在屋內、有的在屋外，全都是被自己人開槍射殺……

為什麼會變成互相射殺對方呢？這就沒有人知道了。不過當時的彈孔，就這樣一直留到現在……
天呀！好恐怖哦~~
……
奇怪，如果日本兵全死掉了，那怎麼知道窗戶有人影的事情呢？
哦~~~妳突破盲腸了。
腸你老母！
是盲點吧！

哈哈哈，版本很多啦！小細節就不要太在意。
也有人說是國軍曾駐守在這，有哨兵疑似發瘋，
開槍射殺了所有士兵！
另一種說法，是這裡本來屬於一個大家族所有。
當時男主人被徵召打仗，卻客死異鄉。
遺體送回古厝後，晚間一名女傭來到餐廳。
嘰咿~~~
嗯？
竟然看到碗櫥門自動緩緩的打開，晚餐的剩菜被端了出來……
飄浮
阿娘喂！

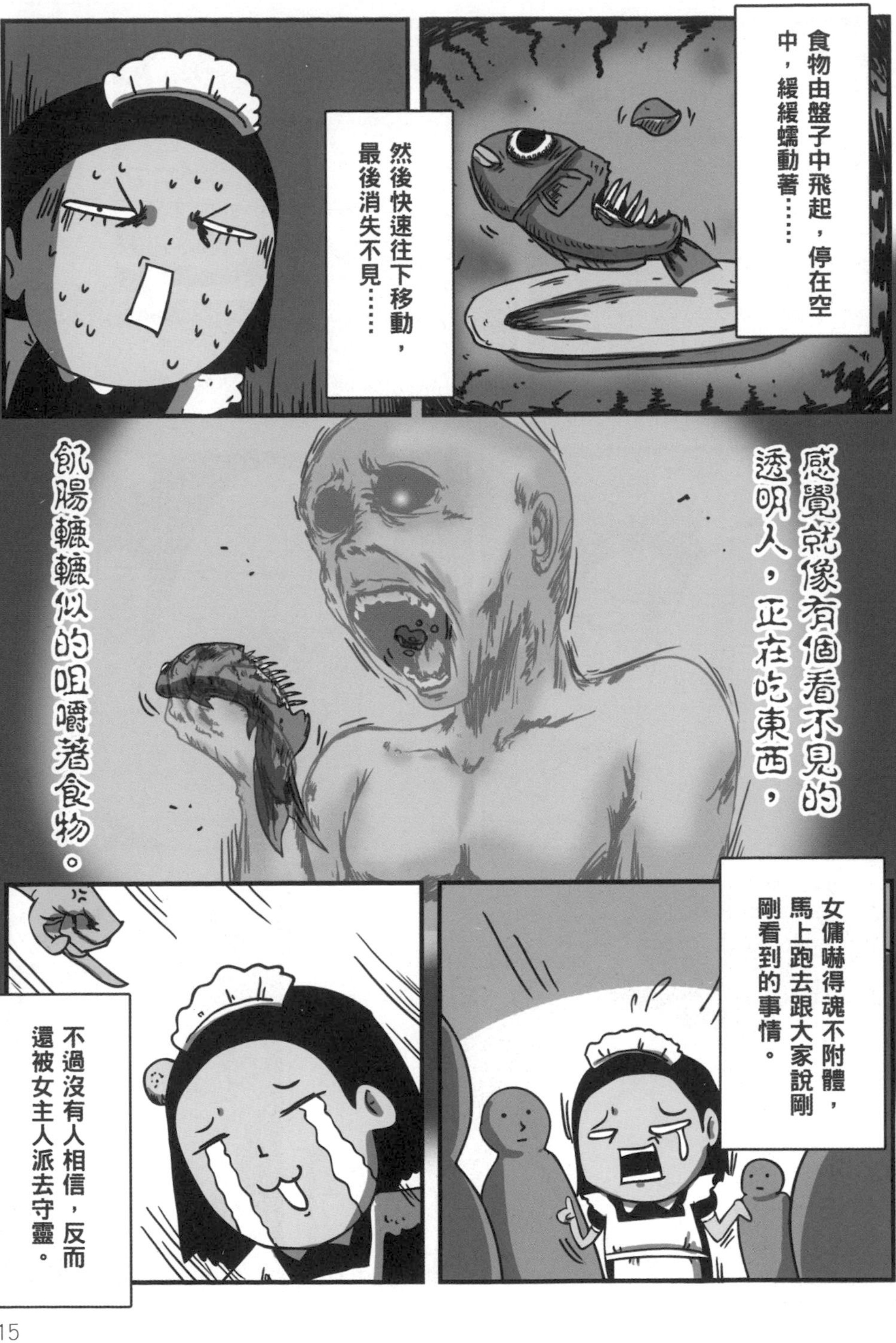
食物由盤子中飛起，停在空中，緩緩蠕動著……
然後快速往下移動，最後消失不見……
感覺就像有個看不見的透明人，正在吃東西，
飢腸轆轆似的咀嚼著食物。
女傭嚇得魂不附體，馬上跑去跟大家說剛剛看到的事情。
不過沒有人相信，反而還被女主人派去守靈。

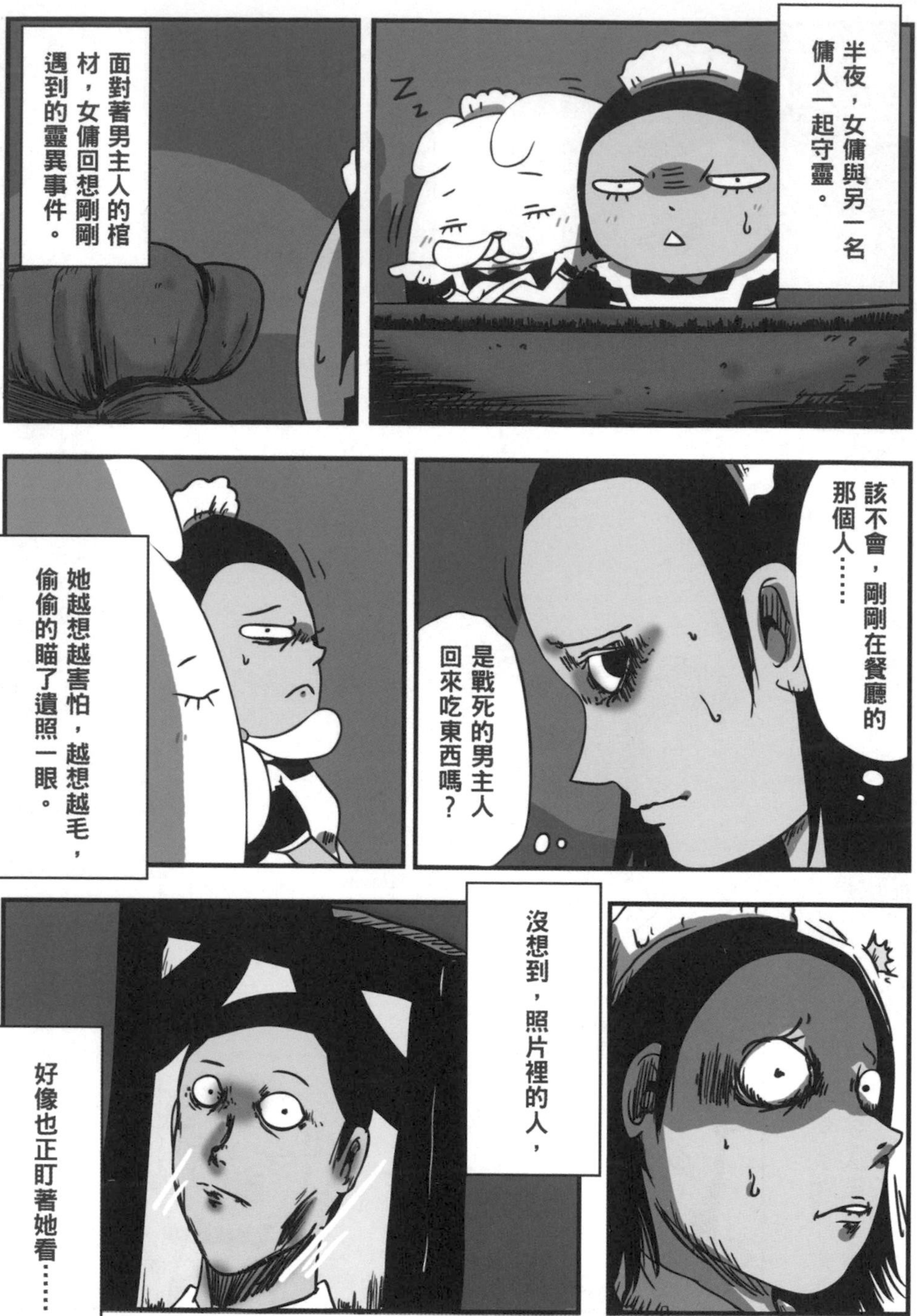
半夜，女傭與另一名傭人一起守靈。
面對著男主人的棺材，女傭回想剛剛遇到的靈異事件。
該不會，剛剛在餐廳的那個人……
是戰死的男主人回來吃東西嗎？
她越想越害怕，越想越毛，偷偷的瞄了遺照一眼。
沒想到，照片裡的人，
好像也正盯著她看……

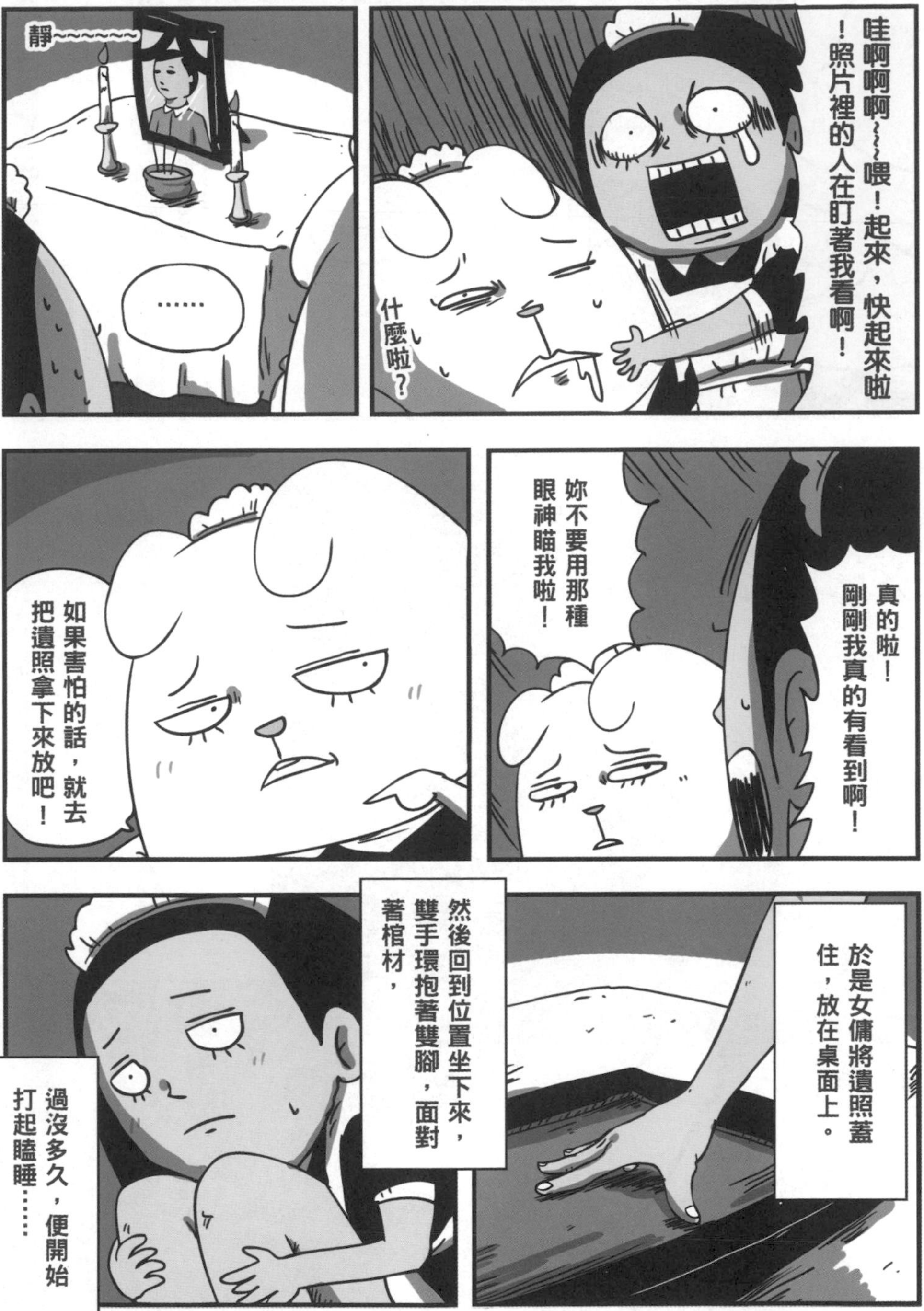
哇啊啊啊~~~喂！起來，快起來啦！照片裡的人在盯著我看啊！
什麼啦？
靜~~~~~~~
……
真的啦！剛剛我真的有看到啊！
妳不要用那種眼神瞄我啦！
如果害怕的話，就去把遺照拿下來放吧！
於是女傭將遺照蓋住，放在桌面上。
然後回到位置坐下來，雙手環抱著雙腳，面對著棺材，
過沒多久，便開始打起瞌睡……

直到隔天早上……
天亮啦~
喂！起床……
另一名女傭赫然發現，男主人的屍體居然雙手環抱著雙腿，坐在自己隔壁的椅子上。
哇啊啊啊啊啊……

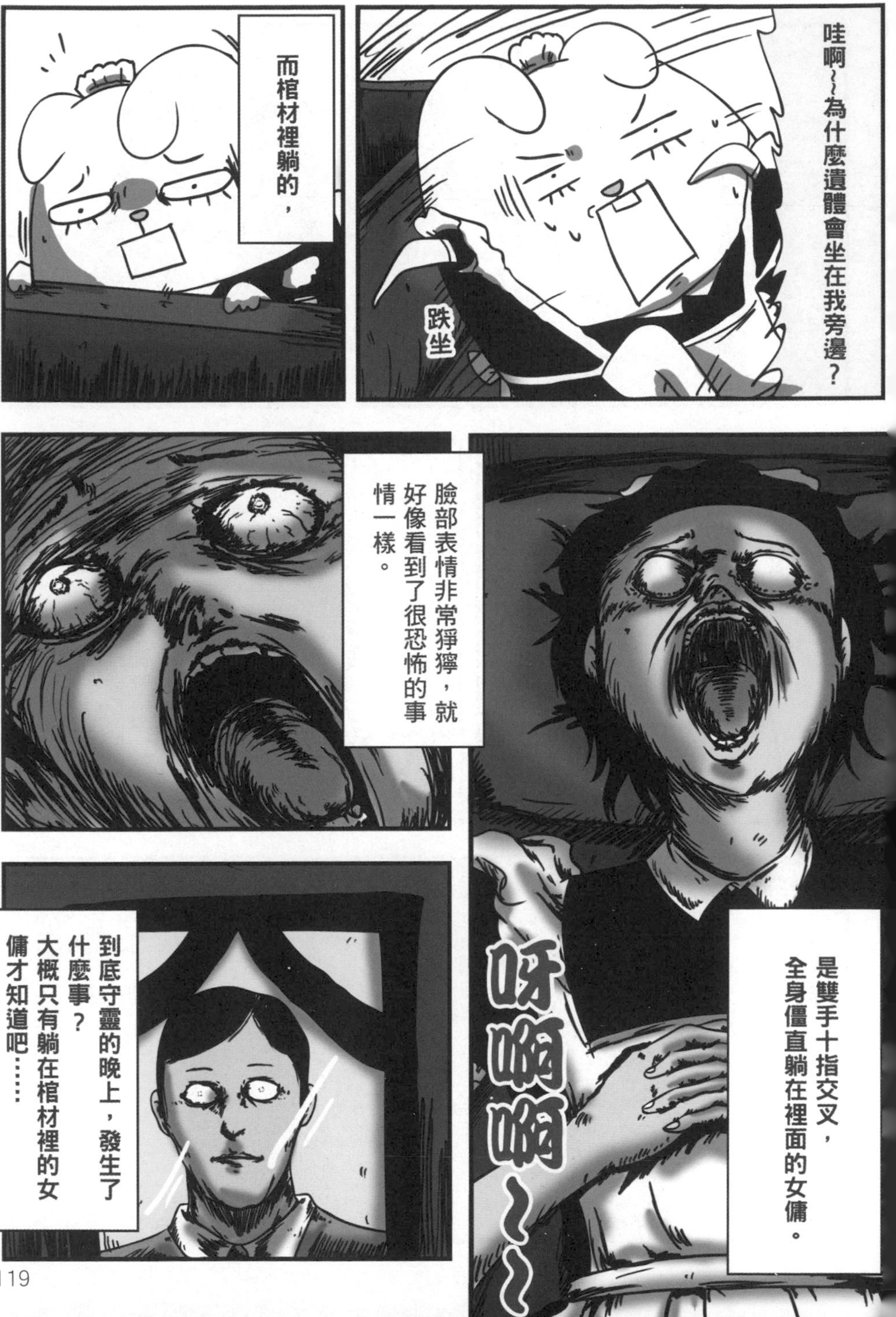
哇啊~~為什麼遺體會坐在我旁邊？
跌坐
而棺材裡躺的，
是雙手十指交叉，全身僵直躺在裡面的女傭。
呀啊啊啊~~
臉部表情非常猙獰，就好像看到了很恐怖的事情一樣。
到底守靈的晚上，發生了什麼事？大概只有躺在棺材裡的女傭才知道吧……

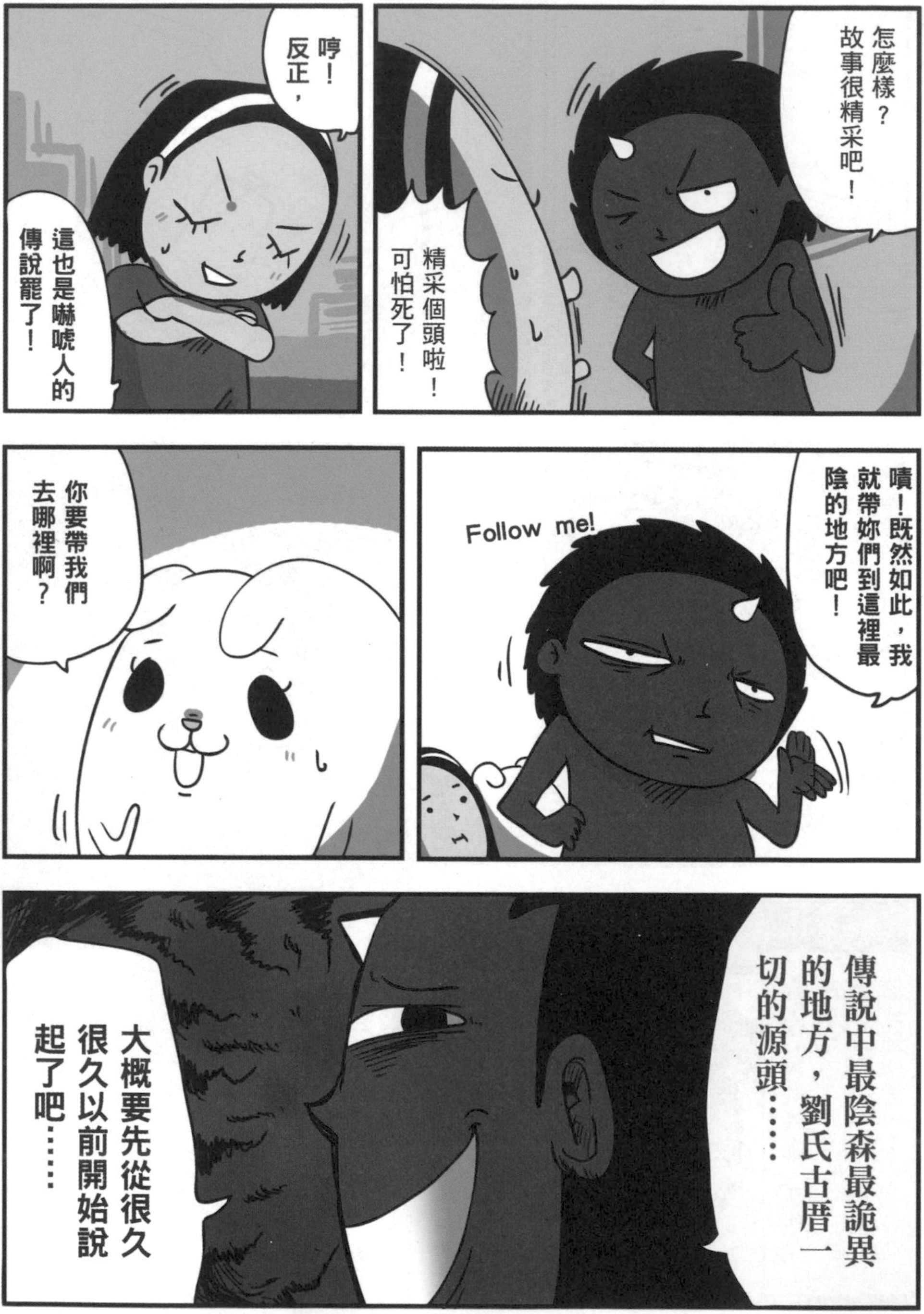
怎麼樣？故事很精采吧！
精采個頭啦！可怕死了！
哼！反正，
這也是嚇唬人的傳說罷了！
嘖！既然如此，我就帶妳們到這裡最陰的地方吧！
Follow me!
你要帶我們去哪裡啊？
傳說中最陰森最詭異的地方，劉氏古厝一切的源頭……
大概要先從很久很久以前開始說起了吧……

大約更久之前，清朝時代有一位姓劉的員外，當時這間房子就是他所建造。
那時候，員外家中來了一位婢女。
婢女長得清秀美麗，員外馬上就被她吸引。
員外非常喜愛婢女，與她發生了感情，
最後甚至想納她為妾。
但是，
員外的元配當然不願意有人和她分享丈夫。

於是有一天，趁著員外外出做生意的時候，
聯合其他傭人，百般地虐待她。
為了不讓她說話，甚至將她的嘴巴用針線縫了起來。
嗚嗯嗯嗯嗯嗯……
受不了如此痛苦與汙辱的婢女，
嗚……
嗚……
帶著憤怒以及怨恨，投井自盡……

之後，員外這一家就一直不得安寧，經常有人看見婢女的鬼魂站在水井旁，惡狠狠的瞪著古厝……
這裡，
就是婢女當初自殺的那口水井。
紅磚砌成的水井，位於草叢附近，井口很小，大約只能容納一個人的寬度。
井外灑滿未燒掉的冥紙，即使陽光照射下來，那裡卻有著讓人不舒服的扭曲感。
怎麼樣？敢不敢往水井裡面窺看啊？
去就去，怕你啊！

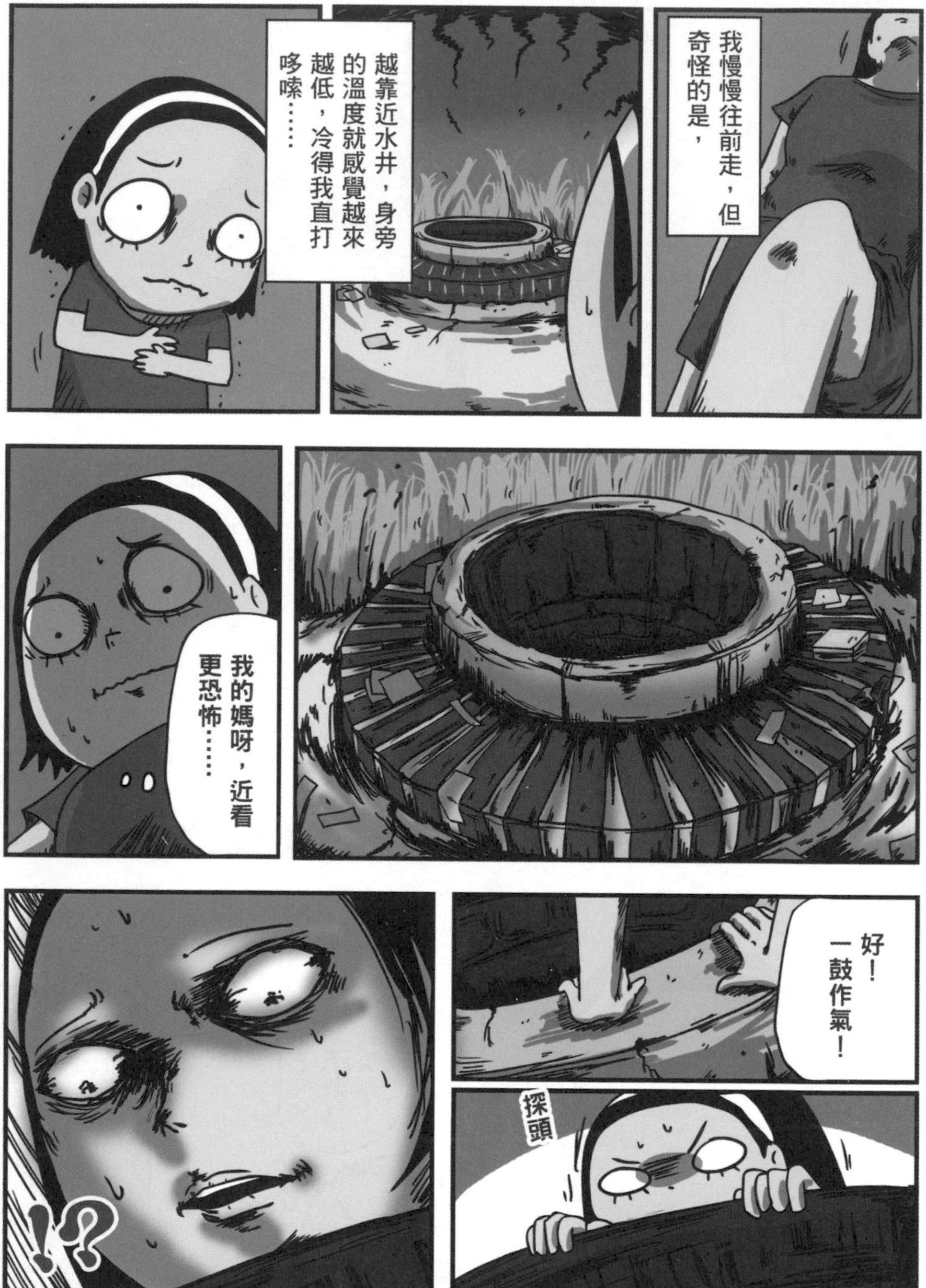
我慢慢往前走，但奇怪的是，
越靠近水井，身旁的溫度就感覺越來越低，冷得我直打哆嗦……
我的媽呀，近看更恐怖……
好！一鼓作氣！
探頭
!?

嗚！嚇我一跳，沒想到井裡還有水啊……
有看到什麼嗎？
沒有什麼，只是差點被水中的倒影給嚇到。
水中倒影？
對啊！
水看起來黑漆漆的，好像很深。
妳在說什麼啊？這個水井因為太多傳言的關係，早在幾年前……

就已經封起來了，哪來的水啊？
咦?!
我們三個人，戰戰兢兢的一起來到水井旁，
水井裡，沒有任何東西，
那麼我剛剛看到的倒影是什麼呢？
不，應該說……
是什麼東西……
在井底裡看著我……

【古井裡的倒影・完】

週末去民雄鬼屋觀光的話，會遇見表演鋸琴的人哦！
※將手鋸當演奏樂器的一種，音色很飄渺幽婉。

您的手術已完成

哈囉各位！不好意思，我們遲到了！
呼~
大家沒有等太久吧？
等超久的啊啊啊！拜託，下次提早到啦！
抱歉啦！奇怪，胖子呢？
胖子說他臨時有事，不會過來了。
我們先進去探險吧，反正那傢伙之前就來過幾次了！

那麼，大家都準備好了嗎？
接下來就是今天傍晚的廢墟探險。
全臺最大鬼屋，
杏林醫院

我們真的要進去嗎？感覺好恐怖哦……
放心啦！這醫院廢墟我來過幾次了，安啦！
從這裡彎腰進去哦！
可是我聽說，這裡不是因為發生過很多醫療糾紛，最後被迫關門，
停業之後，就開始傳出鬧鬼事件，所以醫院才會到現在都還沒被拆除呢！
說法很多啦！
也有傳言是當時創辦人，不急著賣掉土地
所以醫院關閉後，才會連醫療器材都沒搬走，就這樣留在原處啊！
出去後就是一樓，這裡有個很酷的景觀哦！

從這裡往上看，就可以看到樓層的走廊，
哇～～是少見的天井設計耶！
這邊曾傳聞看過穿白衣服的病人從走廊上飄過哦！
不要講恐怖故事啦！我現在已經緊張到想上廁所了。
要不要體驗看看在這邊上？
反正機會難得嘛～
誰敢上啊！

說到廁所，順便來講個醫院廁所鬼故事吧！
哈哈～～邊逛廢墟邊聽鬼故事，越來越有氣氛囉！
這是以前杏林醫院裡傳出來的，那天，一個住院的男子……
廁……廁所啊啊啊！
叩磅！
肚子痛死我了啦！早知道就不要吃太多……
噗滋～
噗哩噗哩噗哩～～
嘩啦嘩啦！
害我半夜還要跑出來上廁所……
爆菊了啦！

咿嘻嘻……
嘿哈哈……
小男孩的聲音？這麼晚了，怎麼還在玩耍啊？
死小孩，害我大不太出來！嘖……
咚！咚！
敲門聲？
敲門的聲音，從第一間廁所開始傳出，
咚！咚！
……
咚！咚！
但都沒有打開門進去的聲音，也沒有人回應……

最後，來到男子的廁所門前……
咚！咚！
小朋友，這間有人哦！半夜不要亂玩！
從廁所下方門縫，清楚的看見那小孩的影子站在男子廁所門前，似乎笑得很開心的樣子。
咿嘻嘻……
咚！咚！
就跟你說半夜不要亂敲門，你是聽不懂哦！死小孩！
咦？奇怪？
男子打開門時，原本應該還在門前的小孩，卻不見蹤影，彷彿一開始就沒有任何人在這間廁所的樣子……

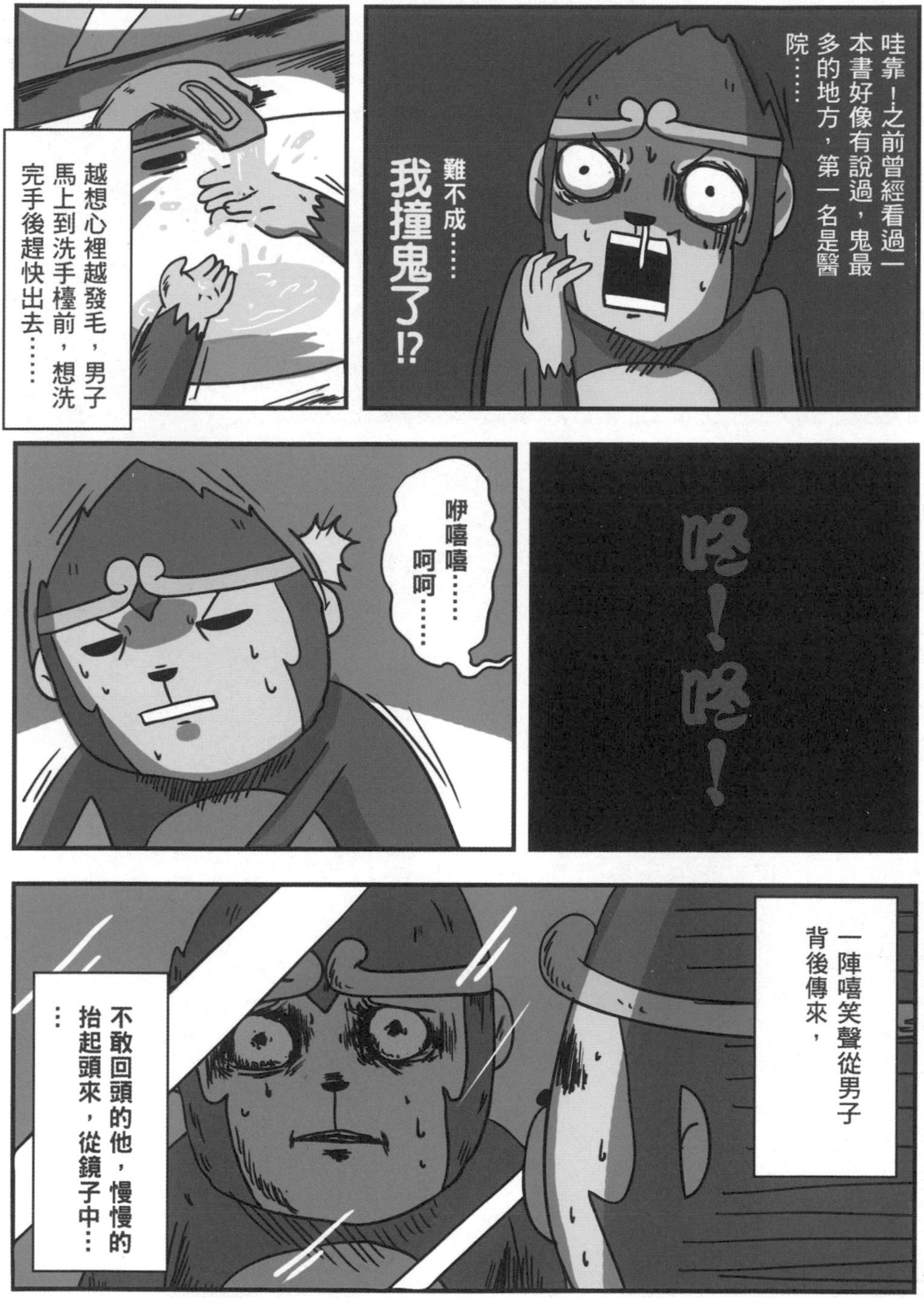
哇靠！之前曾經看過一本書好像有說過，鬼最多的地方，第一名是醫院……
難不成……
我撞鬼了!?
越想心裡越發毛，男子馬上到洗手檯前，想洗完手後趕快出去……
咚！咚！
咿嘻嘻……呵呵……
一陣嘻笑聲從男子背後傳來，
不敢回頭的他，慢慢的抬起頭來，從鏡子中……

在他剛剛出來的廁所間裡，
有一名探頭出來的小男孩……
咿嘻嘻呵呵……
咿嘻嘻……
頭呈現不可思議的角度，
嘻笑的看著他……

後來才知道，那間廁所曾經有小孩心臟病發死在裡面……
呵呵……這個故事不賴嘛！
不過，我有更恐怖的哦！
在醫院這邊，還有個必去的，
來吧！
這裡地板很髒亂，大家走的時候注意一下腳邊哦！

來杏林醫院，有個地方是這棟廢墟裡面最陰森詭異的……
有點暗，我開一下手電筒……
就是這裡，位於醫院地下室……

太平門
太平門!?
嗚哇~~沒想到這裡還有地下室啊!
感覺超恐怖的!
不要進去了啦!我從剛剛開始就一直感覺頭暈，還有點想吐…
也難怪妳會這樣，你們有聞到一股怪味道嗎?
那就是杏林醫院用來保存屍體所使用的福馬林味道!

所以這裡的太平門，就是太平間的意思嗎？
現在才發現哦，妳理解得也太慢了吧！
都來到這了，就進去看看吧！
順便聽我說故事！
你們之前曾經聽到的傳聞不是很完整，我再跟大家補充一下。
據說當初杏林醫院倒閉原因說法有很多，除了偽造醫療紀錄、開立不實住院證明、詐領公務人員及勞工保險費用等問題……
甚至還傳出，把人給醫死的重大醫療疏失哦！
而那冤死的病人，依然在這地下室裡，陰魂不散……
太平門

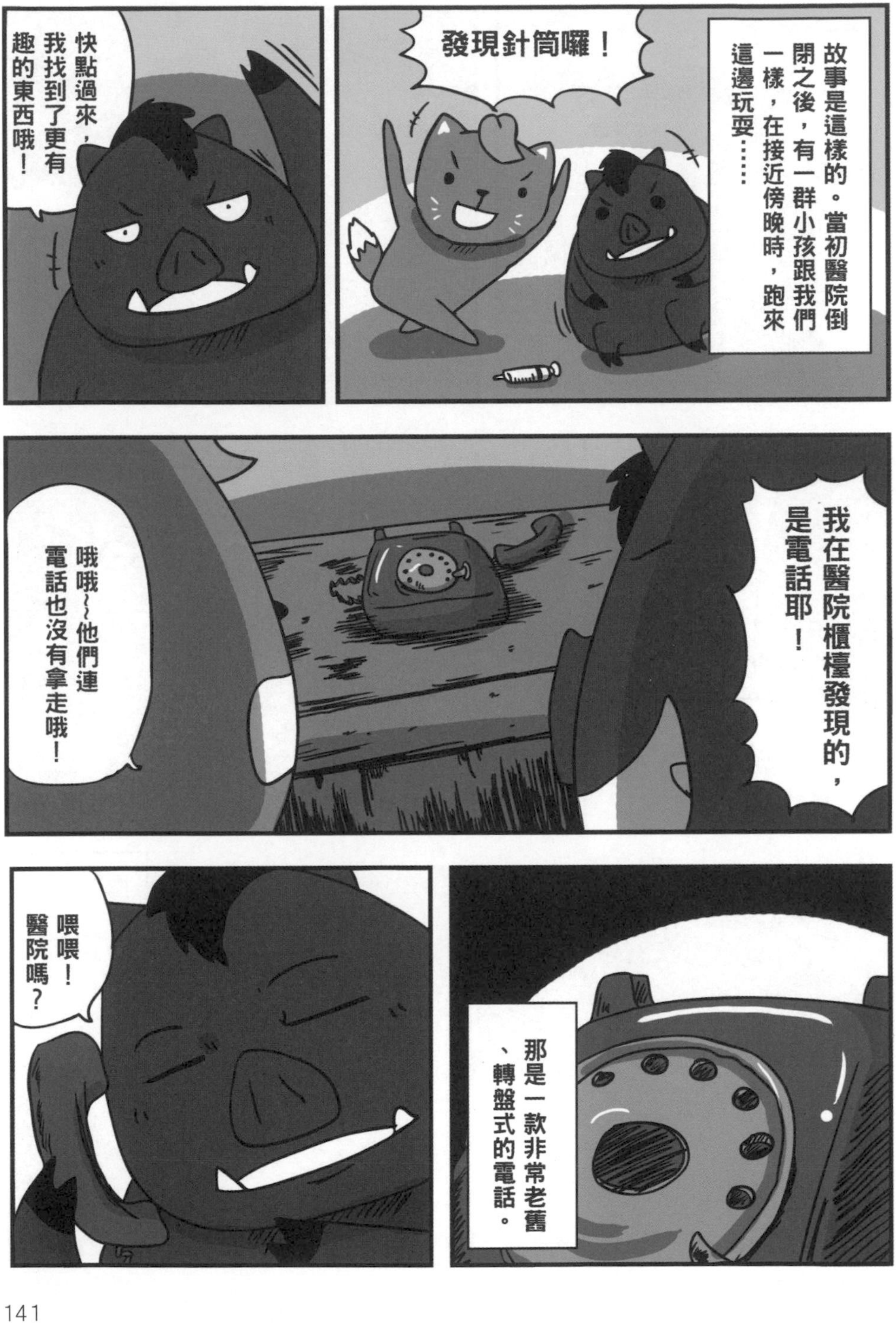
故事是這樣的。當初醫院倒閉之後，有一群小孩跟我們一樣，在接近傍晚時，跑來這邊玩耍……
發現針筒囉！
快點過來，我找到了更有趣的東西哦！
我在醫院櫃檯發現的，是電話耶！
哦哦～他們連電話也沒有拿走哦！
那是一款非常老舊、轉盤式的電話。
喂喂！醫院嗎？

這裡有位病患需要動手術，請趕快來接我！
啊哈哈～白癡哦！
呃！
怎麼啦？你還好吧？
肚子好痛……
想大便……
去你的。
在醫院裡玩耍完後，兩個人就各自回去家中。
明天見囉！
結果那天晚上……

鈴~~~鈴~~~
鈴~~~鈴~~~
電話聲好吵哦……
哈欠~
鈴~~~鈴~~~
喂~請問找哪位？
沙……沙……
沙……喂！這裡……是……
好吵啊~
呃……那個收訊有點不清楚哦，請講大聲點。
沙……這裡是杏林醫院，你的朋友手術已經結束，請你過來接他回去吧！沙……
什麼？

是胖子嗎？怎麼會突然進醫院？
好的，謝謝你，我待會就去接他
喀喳！
……。
靠腰……不對啊！
杏林醫院……
不是已經廢棄了嗎？
驚覺
隔天，他的朋友被發現陳屍在杏林醫院地下室的一張桌子上……
肚子上被開了個大洞，塞滿了廢棄的紗布與繃帶，臉部扭曲，像是看到了什麼恐怖的景象……

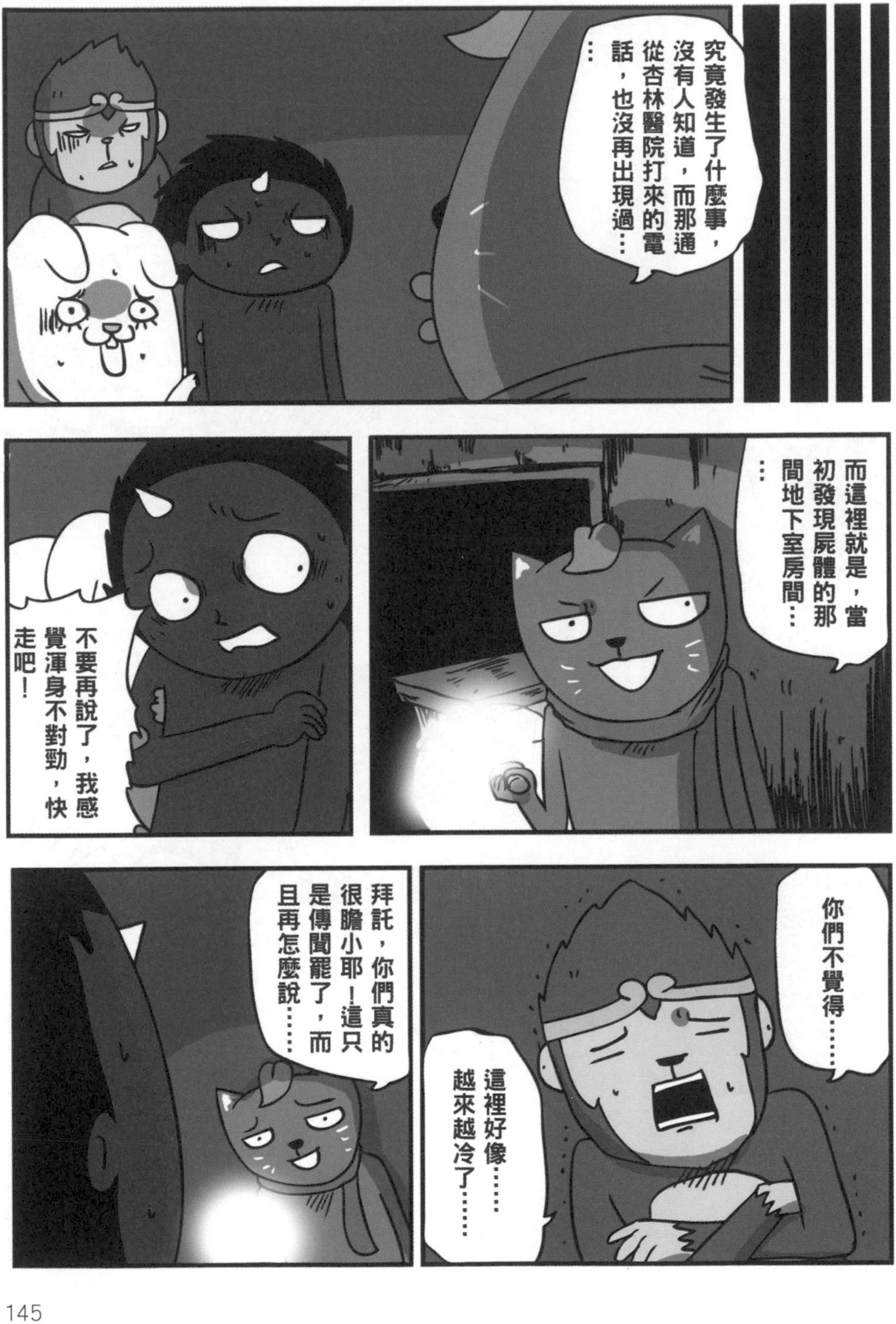
究竟發生了什麼事，沒有人知道，而那通從杏林醫院打來的電話，也沒有再出現過……
而這裡就是，當初發現屍體的那間地下室房間……
不要再說了，我感覺渾身不對勁，快走吧！
你們不覺得……
這裡好像……越來越冷了……
拜託，你們真的很膽小耶！這只是傳聞罷了，而且再怎麼說……

這個世界上，
哪有鬼啊……
呀啊啊啊啊啊啊啊!!!
怎麼啦？突然大叫，差點嚇死我啦……
咦？
嗚咿……
嗚咿……
哪裡不舒服嗎？怎麼突然哭了？發抖得好厲害……
搖頭
看來好像是被嚇到了，先停止探險吧，我們先帶兔子出去好了！

因為兔子一直哭，沒辦法說話，最後我們帶她先到醫院外面坐著休息。
有沒有好一點了？
嗯~
到底怎麼啦？
稍微調整好呼吸，兔子哽咽的說著……
剛剛……在地下室的時候……
我一直聽到細碎的腳步聲……我以為是大家的，所以也就沒有想太多……
可是……到後面，我一直覺得越來越呼吸困難，整個身體沉重得要命，我閉上眼睛，好像不注意就會隨時倒下去的樣子……
最後，就在你說那句話時……
這個世界上，哪有鬼啊……
咦？

啊啊啊啊啊啊……
啊啊啊啊啊啊啊……

我才發現地下室裡，全部都是……
天呀！
之後，我朋友莫名其妙生了場大病，聽說他發高燒時，一直夢到自己躺在醫院的手術檯上……

【您的手術已完成・完】

夢裡
下面已經切除掉了嗎？
是的，已經切除了！
等一下啊啊啊啊啊！你們到底切掉什麼東西了啊啊啊啊啊?!

後座的少女

那天，我一個人去高雄找朋友聚會，
高雄
沒想到發生一件讓我永生難忘的事情……
他們應該都到車站了吧？
阿慢！
這邊！這邊！
歡迎來高雄啊！

海
話說回來……
我們大家真是好久不見了呀！
畢業之後大家都沒時間聚聚嘛！
好冰哦！！
都來這裡了，
那麼晚點就到旗津附近逛逛吧！
那麼，要不要到一個傳說未婚男子不能去的地方啊！

咦？高雄有這種地方嗎？
這是我聽我媽說的，
時間大概要拉回民國六十年代那時候吧……
那是一個台灣經濟正開始起飛的年代，當年有許多旗津女性，會搭乘渡輪到前鎮加工出口區當女工謀生。
那天和往常一樣，所有人都搭上渡輪準備去工作。
航行途中，船隻卻因超載加上機械失靈，不幸翻覆沉沒……
當時海上到處都是載浮載沉的人頭，最後總共造成二十五名女性罹難，最小的甚至只有十幾歲呢……

而且溺死的二十五人，全都是尚未出嫁的女孩……
你們知道嗎？在以前的年代，臺灣民間信仰裡，尚未嫁出去的女性是不能列入祖先牌位的。
咦？
不能立牌位？那她們該怎麼辦啊？
一般都會採冥婚或是設廟立祠兩種方式讓其有所依歸。所以，最後與家屬以及地方人士協調後，將她們合葬，
並設立二十五個墓碑，以紀念這些死於船難的女性勞工們。
簡單來說，那裡就是一座墓園啦！
那這跟未婚男子有什麼關係嗎？
重點在於二十五淑女墓建立之後，傳出一些詭異的流言。

曾經，有人半夜獨自開車，經過二十五淑女墓的時候……
可惡，公司又要我熬夜加班，真是累斃了！
等一下回家趕快洗個澡，好好的睡一覺吧！
打哈欠
嗯？
哇啊啊啊啊啊啊啊啊啊啊啊啊啊！

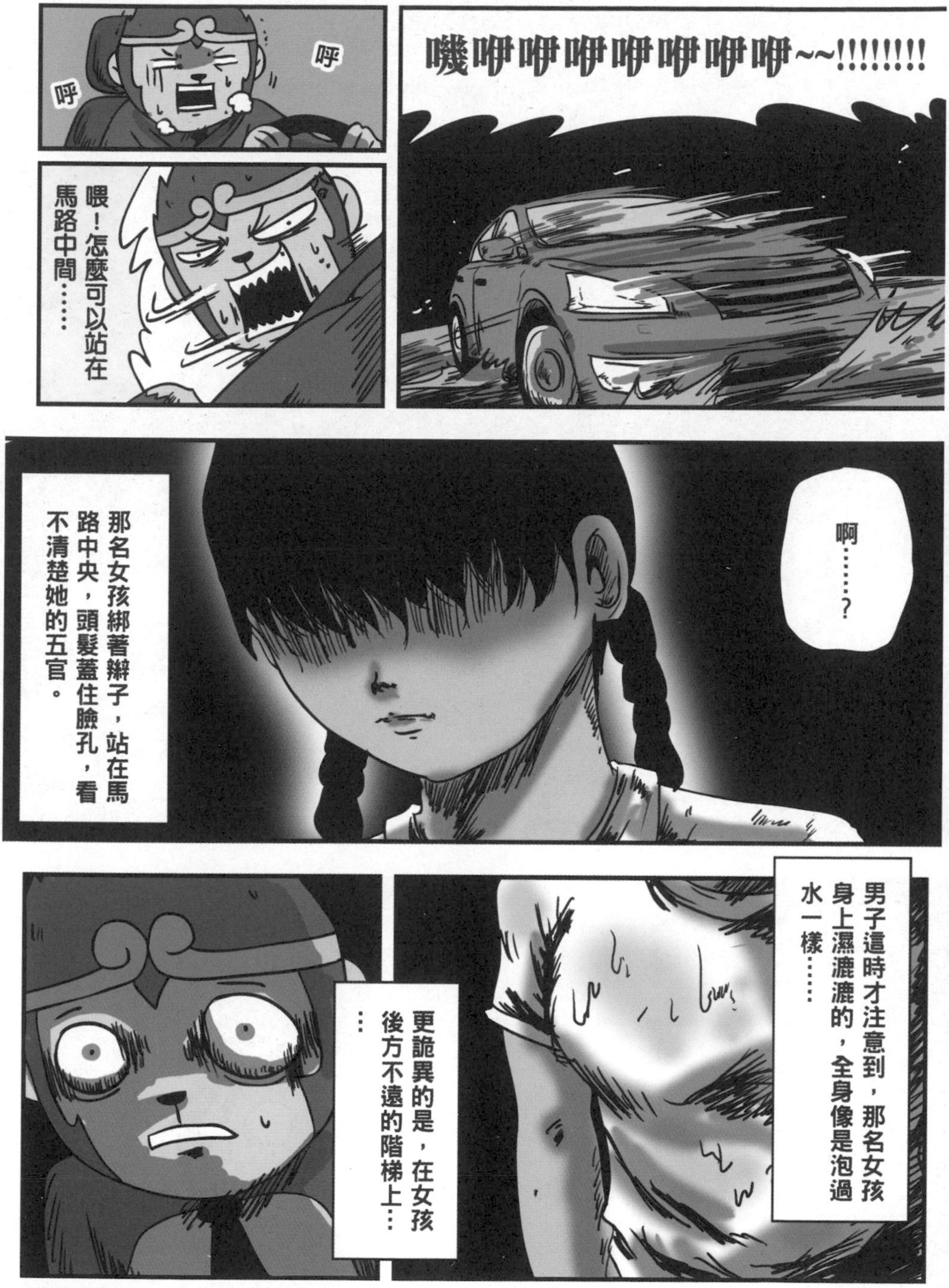
呼
呼
喂！怎麼可以站在馬路中間……
嘰咿咿咿咿咿咿咿~~!!!!!!!!
那名女孩綁著辮子，站在馬路中央，頭髮蓋住臉孔，看不清楚她的五官。
啊……？
男子這時才注意到，那名女孩身上濕漉漉的，全身像是泡過水一樣……
更詭異的是，在女孩後方不遠的階梯上……

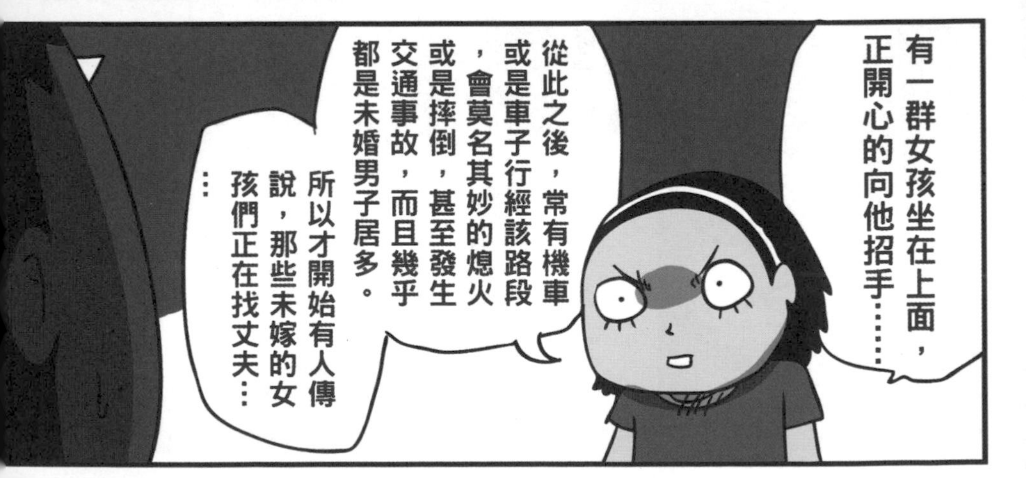
有一群女孩坐在上面，正開心的向他招手……
從此之後，常有機車或是車子行經該路段，會莫名其妙的熄火或是摔倒，甚至發生交通事故，而且幾乎都是未婚男子居多。
所以才開始有人傳說，那些未嫁的女孩們正在找丈夫……

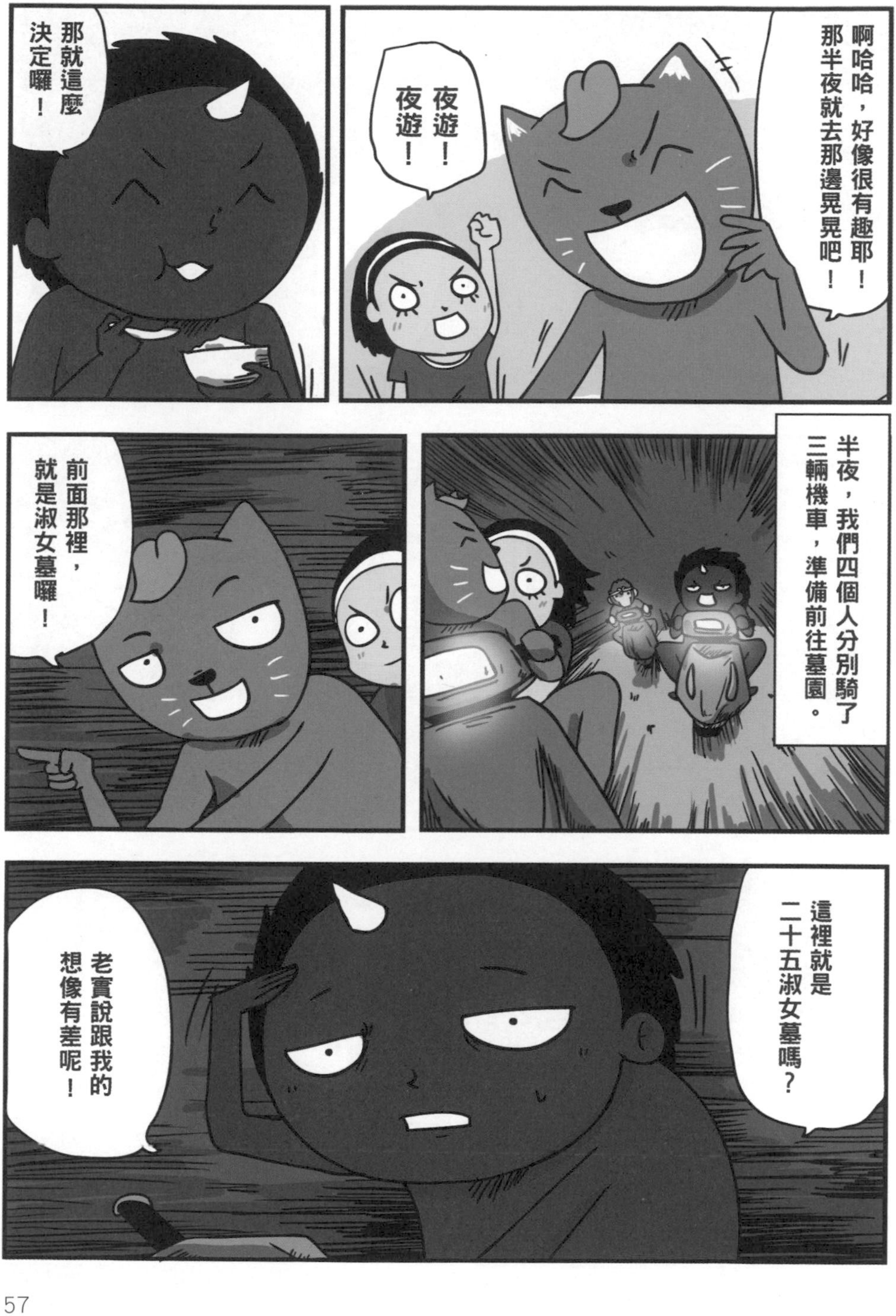
啊哈哈，好像很有趣耶！
那半夜就去那邊晃晃吧！
夜遊！夜遊！
那就這麼決定囉！
半夜，我們四個人分別騎了三輛機車，準備前往墓園。
前面那裡，就是淑女墓囉！
這裡就是二十五淑女墓嗎？
老實說跟我的想像有差呢！

不太像墓碑耶？
呵呵，這是當然的啦！高雄政府早就已經遷墓，並且改名為勞動女性紀念公園了。
真的耶！難怪這附近都是些花花草草的。
勞動女性紀念公園
唉~想說可以去裡面逛逛看墓碑呢！真掃興！
哈哈
反正都死了那麼久，也沒什麼好看的啦！

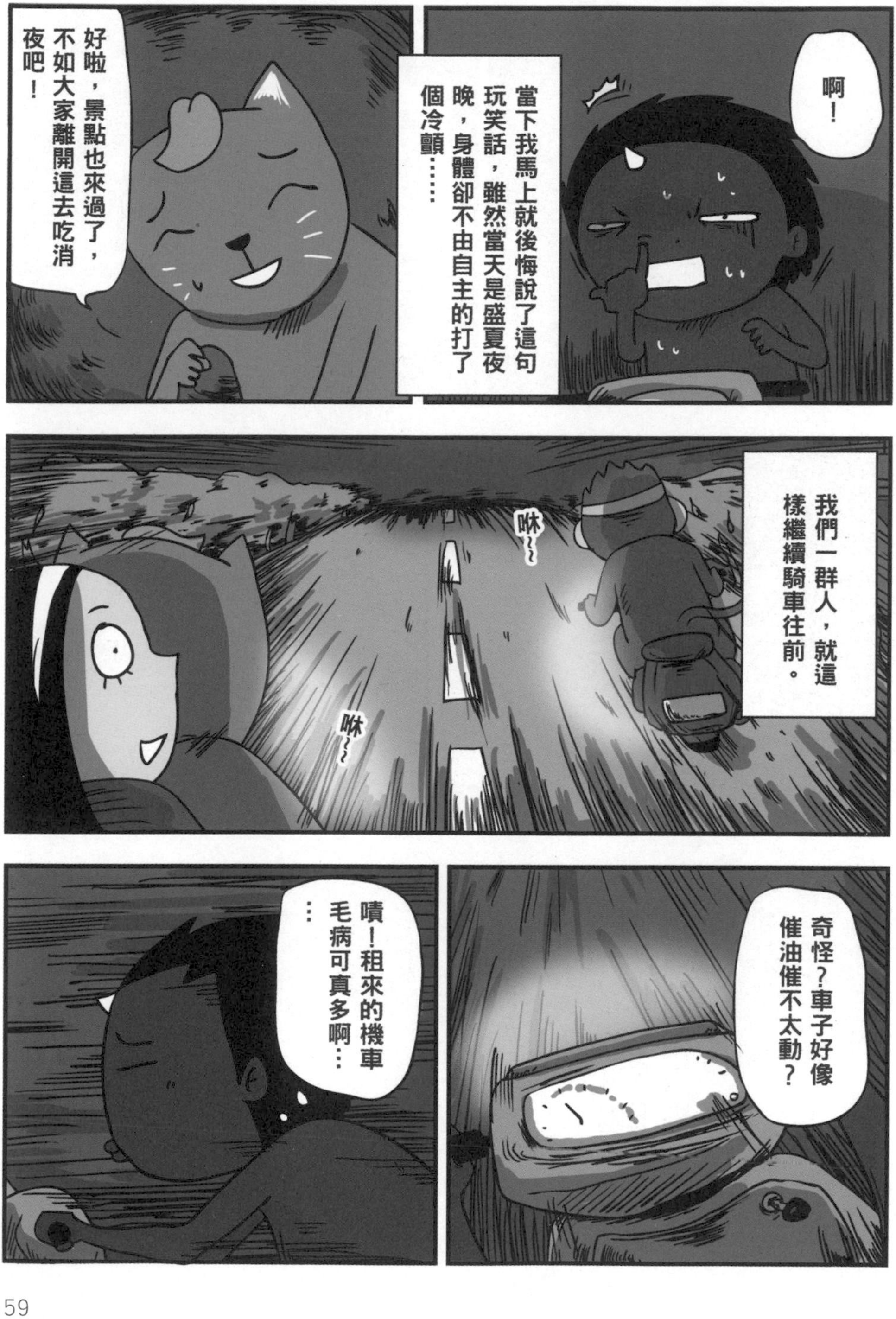
啊！
當下我馬上就後悔說了這句玩笑話，雖然當天是盛夏夜晚，身體卻不由自主的打了個冷顫……
好啦，景點也來過了，不如大家離開這去吃消夜吧！
我們一群人，就這樣繼續騎車往前。
咻~~
咻~~
奇怪？車子好像催油催不太動？
嘖！租來的機車毛病可真多啊……

使勁轉動！
怎麼……
轉頭
噓……
咦？
……了？

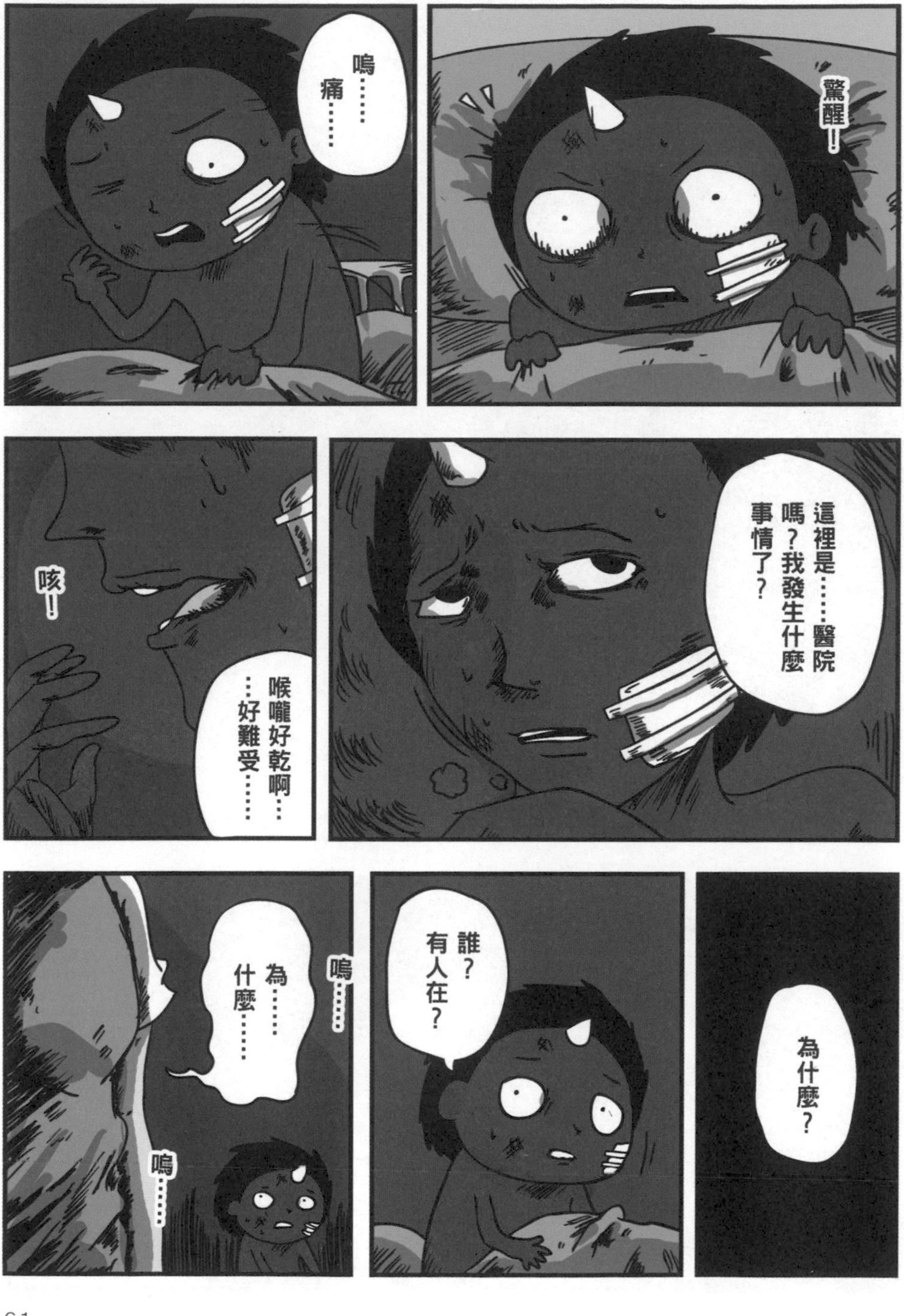
嗚……
痛……
驚醒！
咳！
喉嚨好乾啊……
……好難受……
這裡是……醫院嗎？我發生什麼事情了？
嗚……
為……什麼……
嗚……
誰？
有人在？
為什麼？

爲什麼不來陪我啊…
嗚嗚嗚嗚嗚嗚嗚嗚
嗚嗚嗚嗚嗚嗚
哇啊啊啊啊啊啊!!!

驚醒！
嗚啊……痛……
這裡是……醫院嗎？原來剛剛那是場惡夢啊？
咳！
喉嚨好乾啊……好難受……
咦？這樣不就跟剛剛的夢一樣嗎？難不成……
嗚……
為什麼……
嗚……

為什麼這齣韓劇這麼可憐！
嗚……
我覺得躺在病床上的我更可憐吧！
關心一下我啊！喂！
你醒來了啊？身體有好一點嗎？
我到底發生什麼事情了啊？
咦？你不記得了嗎？
嗯！不記得了。
車禍啊！你出車禍了啦！

原來，我因為車速過快，直接撞上轉彎處的分隔島。
幸好只有輕微腦震盪，算是不幸中的大幸。
下次不要再去那種鬼地方了，真是有夠衰的……
話說回來，難道你們都沒有看見嗎？
看見什麼啊？你進來醫院之後就一直心神不寧的，到底怎麼啦？
就是出車禍前，我看到……
當時阿慢騎車經過我旁邊的時候……

咦？
原本應該無人的後座，
不知何時……
多了一個女孩坐在上面……

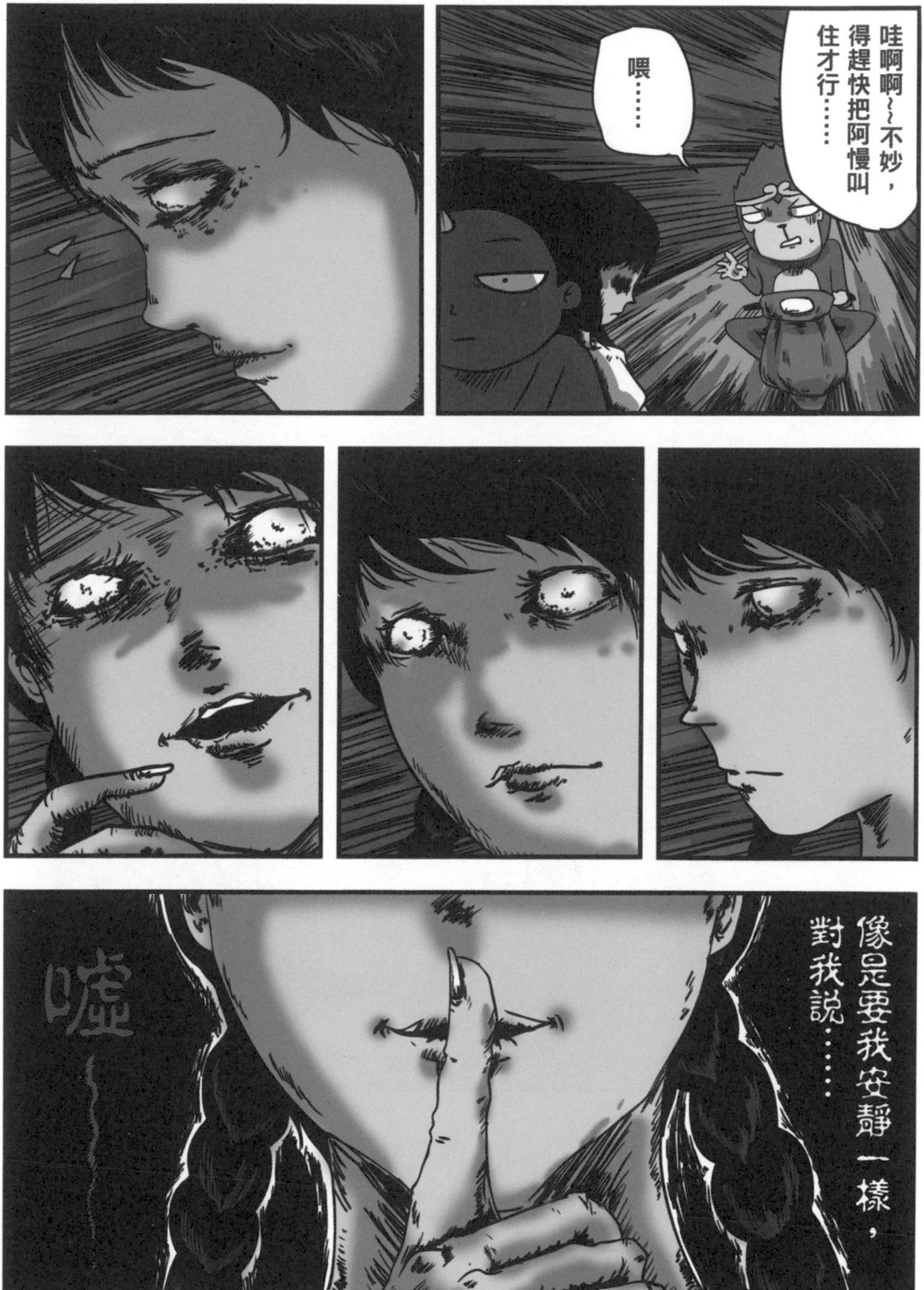

【後座的少女・完】

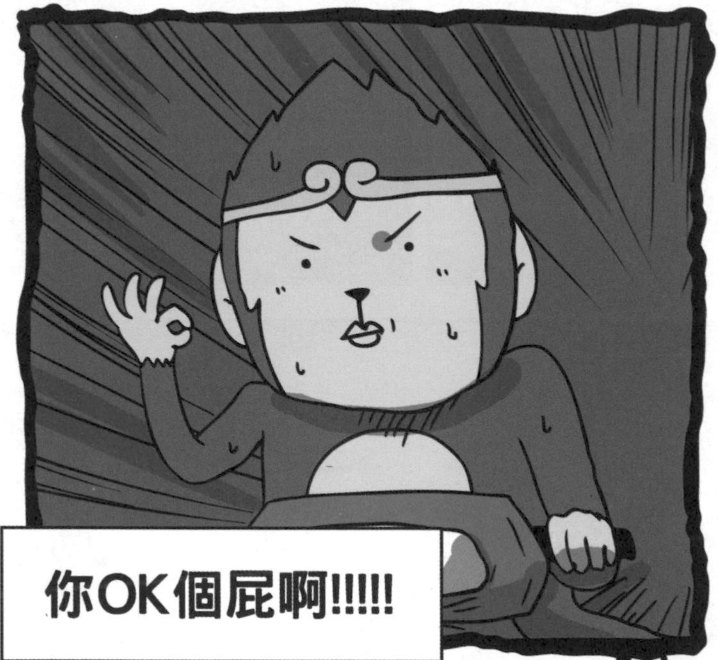
你OK個屁啊!!!!!!

誰在廁所裡？

這是一個關於恐怖傳說的故事，或許你也有聽說過……
嗯……
怎麼辦啊？
今天一大早，就和朋友跑來花蓮遊玩，然後……
今天天氣真好，超適合出來走走的啊！
你說要帶我到花蓮的歷史景點參觀，到底是哪裡啊？
看那邊！就是那裡！
有沒有看到一排松樹林，
這就是臺灣歷史百景之一的重要建築，

松園別館。

松園別館

哦哦～～好漂亮哦！
對吧！
不過在整修以前，這裡可是赫赫有名的鬼屋景點哦！
真的假的？
位在美崙山丘的松園別館，在民國三十三年時，是二戰末期日本海軍兵事部辦公廳舍，也就是軍事指揮部。
戰敗之後，松園別館一直荒廢在此地，原本毗鄰偌大的松樹林，雜草叢生，環境陰濕，長年下來鬧鬼傳說接連不斷……
直到現在，才被修繕為藝文園區。
神風
你有聽過日本的神風特攻隊嗎？
那個日本最有名的自殺式襲擊的空軍特別攻擊部隊嗎？

是的，在花蓮出發的特攻隊員，出任務的前一晚，都會被召集松園別館這裡，
喝下最高指揮官代替天皇所賞賜的御前酒。
背負著榮耀飛上天際，一去不復返……
在戰敗而廢棄之後，附近的居民就謠傳，半夜會聽見士兵踢正步……
甚至在士兵宿舍裡，傳來陣陣的悲鳴與嘆息聲……
曾經有大學生深夜來這探險，聽到屋內傳來聲音，
他們好奇的從窗戶往裡面窺看……

結果在裡面看到的，
是一邊切腹，
一邊痛苦哀號的
士官們……

哇靠~~不會吧？
怎麼會這樣？
後來才知道，原來二戰失敗之後，有傳聞日本士兵在這裡集體切腹自殺。
呵呵，不過自從這整修過後，就比較少聽人家講那些鬧鬼事件了啦！
這裡也變成很熱門的觀光景點哦！
糟糕！肚子好痛，你們知道廁所在哪裡嗎？
吃壞肚子了嗎？前面那邊好像有間男廁！
那我先去上個廁所，待會再出來找你們哦！

聽完故事後，因為很害怕，想趕快上完廁所走人。
結果我完全沒注意到……
這間廁所沒有衛生紙啊！
搞什麼鬼啊啊啊！
出來玩居然遇到這種事情，真是有夠倒楣的，
我看只好等他們來找好了！
唉～～～
都怪這間廁所太暗了啦！難怪會沒注意到！
唉～～～……

我旁邊什麼時候有人啊？
算了，問看看對方有沒有衛生紙可以借我！
哈囉，隔壁的老兄，不知道能不能跟你借幾張衛生紙啊？
唉~~~~~~~~
咦？
空八哇……
日文⁉對方是日本來的觀光客嗎？
靠北！我也只會講嗨雅谷跟雅美蝶之類的生活用語啊！
借衛生紙要怎麼講啊？
欸豆~~空吧哇！蘇理馬歇！衛生紙~~~~普立茲!!!
嗯？普立茲好像是英文耶？
遞出

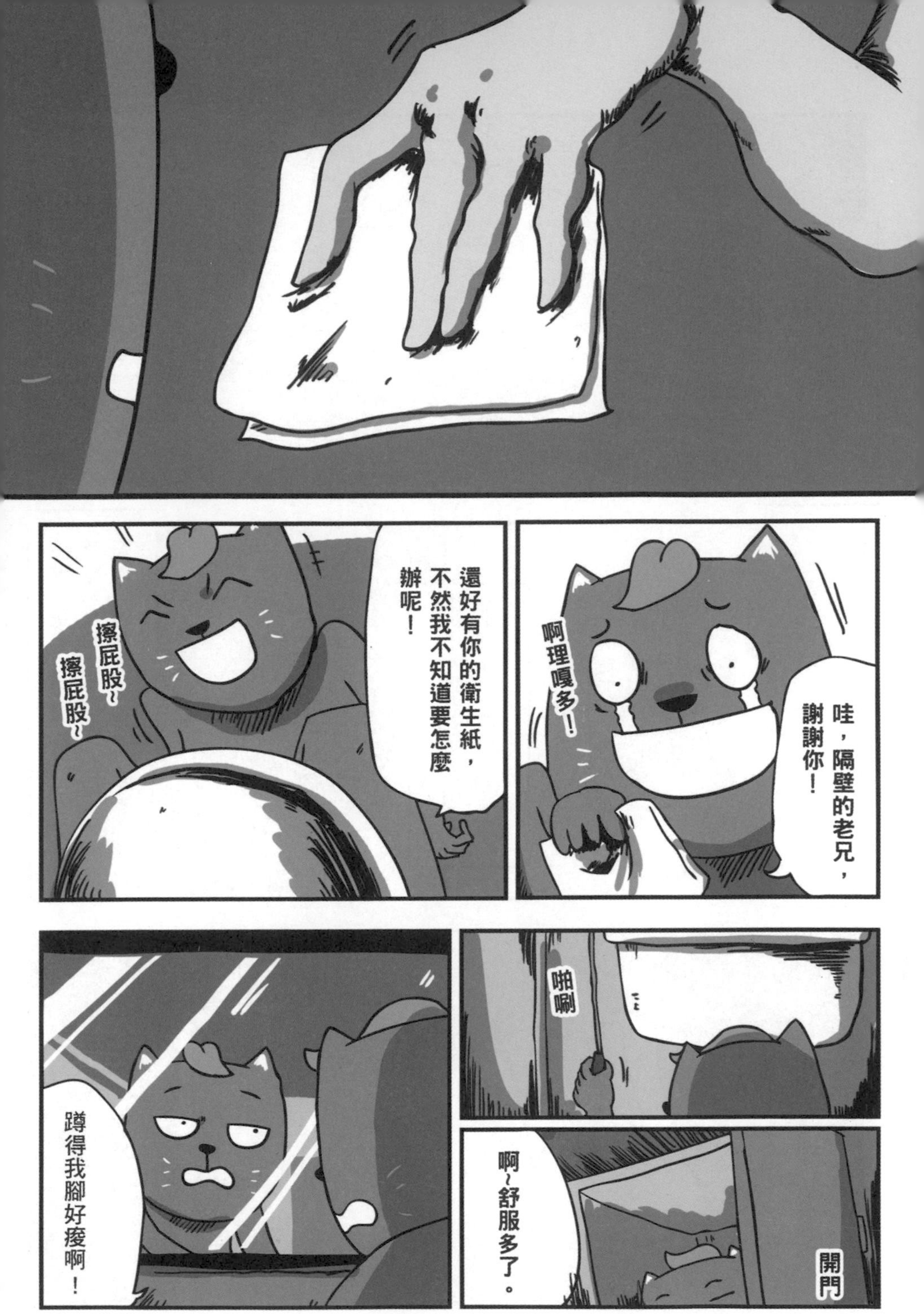
哇，隔壁的老兄，謝謝你！
啊理嘎多！
還好有你的衛生紙，不然我不知道要怎麼辦呢！
擦屁股～擦屁股～
啪唰
開門
啊～舒服多了。
蹲得我腳好痠啊！

從廁所洗手檯的鏡中，
我才注意到……
我剛剛上廁所的地方，
右側根本只有一面牆……
……
仔細想想，剛才那隻
手根本是穿牆拿衛生
紙給我啊啊啊！
那麼剛剛跟我打招呼的
日本人，到底是誰……
當下我馬上
拔腿就跑！
然而，最恐怖的是……
他給我的衛生紙，
是從哪裡來的呢？
我已經害怕得不敢
再去回想了……

【誰在廁所裡？・完】

那張衛生紙是用過的吧？
不要說出來啊啊啊！

後記

畫完啦！
嗚哦哦哦哦～
真心吶喊！
這次作畫的過程，真是困難重重啊！
尤其是畫一棟廢棄的房屋，比畫鬼還要花更多時間！
不過藉著網路上各種照片、影片的資料，才能夠順利繪製出這些臺灣真實存在的房屋。
不知道大家是否去過書中的地方呢？

這本書中的創作，都是從網路上各種傳言改編而成。
是真是假，我無法斷定，就留給大家去想像囉！
但我還是不太建議大家去這些廢墟或偏僻地點探險啦！
萬一發生了意外，可不是鬧著玩的！
而且，誰能夠保證，這些地方……
沒有祂們呢？
一直以來，無人居住的地方，久而久之就會發生類似的怪異傳聞，但……
究竟是無人之後才有，還是居住之前就有呢？
什麼？你說還好你的房子沒有問題？
正在看這本書的你，可千萬不要隨便亂講話哦！
稍微尊重一下先來後到的順序吧，你房間裡的房客可不是只有你……
噓！別大聲嚷嚷，

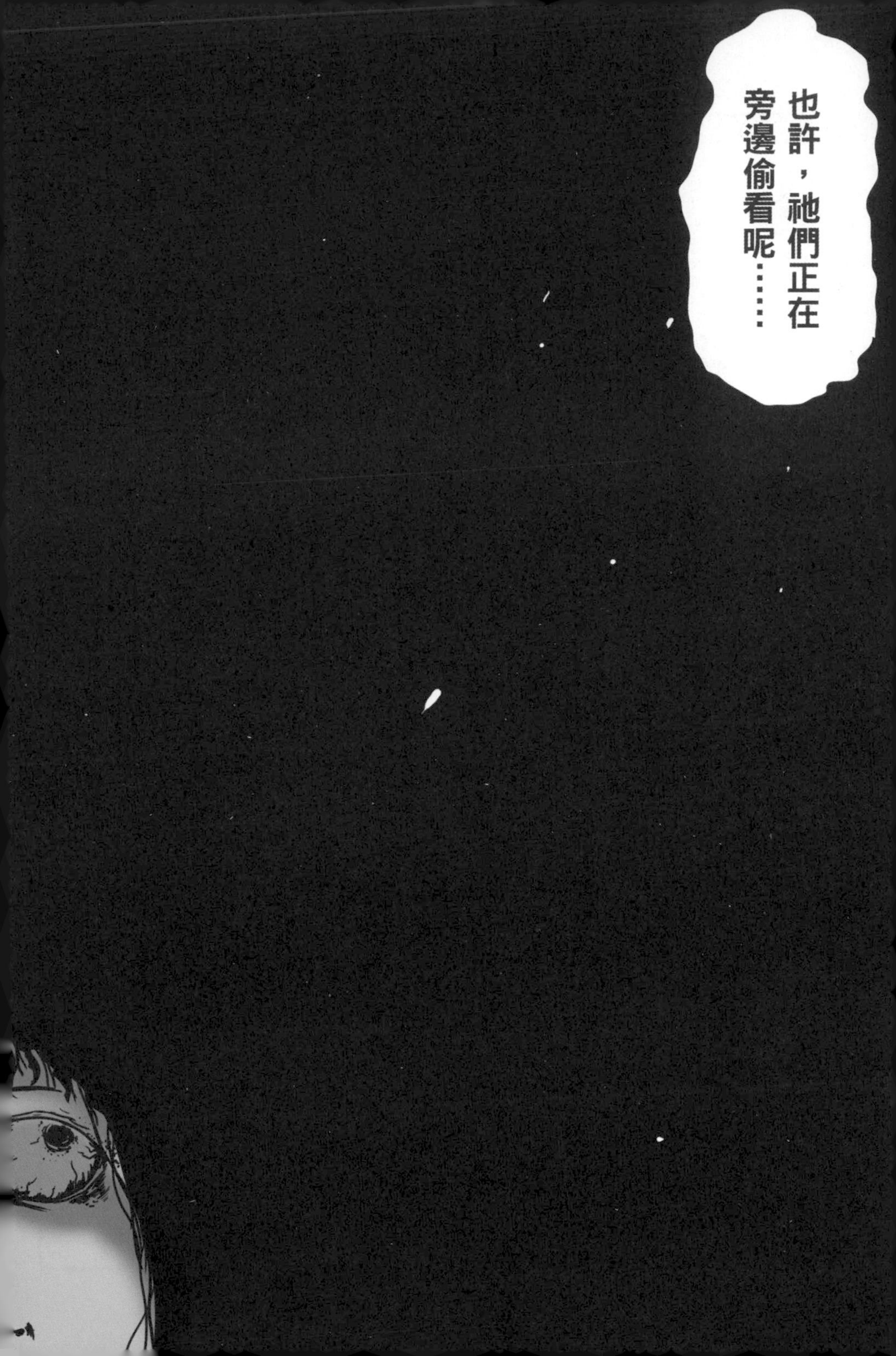
也許，祂們正在旁邊偷看呢……

想對大家說的話

最後的最後，非常感謝大家，
購買這本旅遊書(誤)來收藏!!

因為有你們的支持，我才能那麼順利的出第二本，
也感謝那些提供我創作靈感的讀者，
讓我知道臺灣有那麼多的不可思議傳說。

雖然不建議大家去探險，但若真的要去，
請務必攜伴同行，並告知家人出發地點以及時間，
最好是白天去就好，畢竟廢墟景點大都有危險性，
況且，萬一有不速之客找你麻煩，
那可就糟糕啦!!(汗

希望大家都能喜歡以黑色幽默創作的鬼故事漫畫，
那麼，我們下一本書再見囉!!

謝謝大家!!

謝謝你鼓起勇氣、耐心看到最後這一頁，也歡迎上網搜尋「百鬼夜行誌Black Comedy」，觀看更多恐怖搞笑的鬼故事哦！若是你有什麼話或是不可思議經歷想對阿慢說，歡迎來信(hiphop200177@gmail.com)或是上粉絲團幫我加油打氣哦!!!!

作者溫馨提醒

閱讀本書期間若發生任何靈異事件，純屬巧合

Fun系列 003

百鬼夜行誌【凶宅卷】

作　者—阿慢
主　編—陳信宏
責任編輯—尹蘊雯
責任企畫—曾睦涵
美術協力—我我設計工作室 wowo.design@gmail.com

總 編 輯—李采洪
董 事 長—趙政岷
出 版 者—時報文化出版企業股份有限公司
一〇八〇一九　臺北市和平西路三段二四〇號三樓
發行專線：（〇二）二三〇六—六八四二
讀者服務專線：〇八〇〇二三一七〇五・（〇二）二三〇四—七一〇三
讀者服務傳真：（〇二）二三〇四—六八五八
郵撥：一九三四四七二四　時報文化出版公司
信箱：一〇八九九臺北華江橋郵局第九九信箱

時報悅讀網—http://www.readingtimes.com.tw
電子郵件信箱—newlife@readingtimes.com.tw
時報出版愛讀者粉絲團—http://www.facebook.com/readingtimes.2
法律顧問—理律法律事務所陳長文律師、李念祖律師
印　刷—和楹印刷有限公司
初版一刷—二〇一四年七月十八日
初版二十一刷—二〇二四年六月十二日
定　價—新臺二五〇元
（若有缺頁或破損，請寄回更換）

時報文化出版公司成立於一九七五年，
並於一九九九年股票上櫃公開發行，於二〇〇八年脫離中時集團非屬旺中，
以「尊重智慧與創意的文化事業」為信念。

百鬼夜行誌【凶宅卷】/阿慢著;
-- 初版. 一 臺北市 : 時報文化, 2014.07
面 ;　公分. -- (Fun ; 003)
ISBN 978-957-13-6010-2 (平裝)

857.63　　103011863

ISBN：978-957-13-6010-2
Printed in Taiwan